COLETTE.

IMPRIMERIE DE A. BARBIER,
rue des Marais St-G., n. 17.

COLETTE

OU LA

FILLE ADOPTIVE.

PAR HIPPOLYTE VALLÉE.

—

Tome Quatrième.

PARIS.

LECOINTE ET POUGIN, LIBRAIRES-ÉDITEURS,
QUAI DES AUGUSTINS.

CORBET AÎNÉ, MÊME QUAI.

FIGOREAU, PLACE SAINT-GERMAIN-L'AUXERROIS,
MASSON ET YONNET, RUE HAUTEFEUILLE.

1833.

✳

IMPRIMERIE DE A. BARBIER,

rue des Marais St-G., n. 17.

COLETTE

OU LA

FILLE ADOPTIVE.

PAR HIPPOLYTE VALLÉE.

—

Tome Quatrième.

PARIS.

LECOINTE ET POUGIN, LIBRAIRES-ÉDITEURS,

QUAI DES AUGUSTINS.

CORBET AÎNÉ, MÊME QUAI.

FIGOREAU, PLACE SAINT-GERMAIN-L'AUXERROIS,

MASSON ET YONNET, RUE HAUTEFEUILLE.

—

1833.

I.

Les Rendez-Vous.

> J'allais chercher le plaisir, et c'est
> la mort que j'ai rencontrée.
>
> AGÉRIUS.

Bientôt de nouveaux pas se font entendre, ils sont mal assurés; c'est un
homme !... Ce n'est pas là Frédéric.
Dame Bernard cherche à percer l'obs-

curité de ses regards; elle a bientôt
reconnu Valmincourt. C'est lui-même;
il regarde autour de lui, et cherche à
se rappeler où est la porte de ce jardin,
où il n'est venu qu'au jour et sans
trop faire attention dans quelle partie
de la rue il est situé. Il regardait autour de lui, cherchant quelque indice
qui pût lui rappeler s'il avait atteint
l'endroit qu'il cherchait; mais la nuit
était si noire qu'il pouvait à peine voir
assez pour diriger sa marche. Si elle
l'avait osé, elle lui aurait bien volontiers montré la porte que sa fille avait
laissée ouverte; mais le hasard la lui
fit découvrir, et le cœur de l'infortuné
faillit se briser; car il regarda cette
circonstance comme une preuve qu'on
ne l'avait pas induit en erreur. Ce jardin était bien celui dans lequel il était
venu; cette allée était bien celle qui

conduisait au pavillon : la coupable Colette y était sans doute déjà auprès de son séducteur... Il recueille ses forces, et avance avec précaution. Pas de lumière.... Il monte le perron, et entr'ouvre avec précaution la porte d'entrée.....

Adèle est aux aguets : le moindre bruit frappe son oreille, et elle a entendu les pas de quelqu'un... Est-ce sa rivale ? est-ce son amant ? n'importe : la rage qui la domine s'assouvira sur le premier coupable qui s'offrira à ses coups ; sa main est armée d'un stylet que Frédéric avait rapporté d'Italie ; quiconque entrera doit en sentir l'acier pénétrer dans son sein.

Elle entend monter les degrés ; elle entend la porte s'ouvrir... c'est un homme !... c'est Frédéric ! c'est l'infâme qui la trahit... point de pitié ! point de faiblesse... elle lève le bras, s'élance, et frappant à coups redoublés...

— Meurs, dit-elle, meurs, perfide, et reçoit de ma main le châtiment de tes crimes !

La victime pousse un sourd gémissement et tombe sans mouvement et sans vie...

Adèle a déjà fui... comme une insensée, elle parcourt les rues de la capitale... Dame Bernard l'a vue passer devant elle comme une ombre rapide... elle n'a pas encore l'idée de son crime.. et c'est sans avoir eu celle de rejoindre sa demeure qu'elle y est parvenue.

Là, pour la première fois, l'action qu'elle vient de commettre se reproduit à son imagination... ses yeux se fixent sur le portrait de Frédéric, qui lui sourit, elle l'arrache... la toile est en lambeaux... ces lambeaux même

excitent sa rage, elle les pulvérise...
elle les anéantit.... et c'est sur elle-même
ensuite qu'elle porte sa fureur... elle
meurtrit son sein, arrache ses cheveux
et tombe dans les plus terribles convulsions... elle appelle Frédéric à grands
cris, elle lui pardonne ; il peut aimer
sa rivale, elle n'a plus de jalousie ; elle
consent à tout, à tout, pourvu qu'il
vive, et de nouveau le nom de Frédéric sort de ses lèvres. Juste ciel!
quelle voix a répondu à la sienne!
n'est-ce point une illusion, un songe?...
depuis quand la mort rend-elle sa
proie?... qui donc la presse dans ses
bras, lui prodigue des secours, des
soins, la rassure, la console?... Mais
c'est un prodige... elle regarde, elle
fixe celui qui la presse dans ses bras...
elle le repousse avec horreur ; elle veut
parler... ses lèvres tremblantes peuvent

à peine laisser échapper quelques sons...
elle promène sa main sur ses yeux...
elle veut en écarter une vision fan-
tastique, mensongère... mais le spectre
est là qui la suit, qui la touche...
l'horreur lui arrache un cri terrible.

— Ombre de mon amant, s'écrie-t-
elle..... fuis! fuis!.... ne m'approche
pas!

— Adèle! chère Adèle! reviens à
toi!...

— Il me parle, il me touche!....
Frédéric, est-ce toi, est-ce bien toi?
Mais non, c'est impossible : c'est une
déception, un mensonge... un rêve..
une illusion... Frédéric, serais-tu donc
invulnérable? quel démon te protége
donc contre les coups de poignard?
car celui dont j'étais armée t'a frappé...

Et, riant aux éclats, elle le palpe,

elle parcourt tout son corps de ses regards curieux et étonnés.

— Pas de sang, reprit-elle, pas de sang!.... tu es donc un dieu!...Oh! je le crois, on ne peut avoir pour un homme le culte que je professais pour toi. Tu es mon dieu, Frédéric... Mais pourquoi donc ai-je attenté à ta vie?... Ah! tu m'avais trompée.... tu m'avais sacrifié à une odieuse rivale... et j'ai dû me venger, je me suis vengée; ce poignard a trouvé le chemin de ton cœur.... je l'y ai plongé tout entier.... et, dans mon délire, je croyais que c'était mon amant, mon dieu, mon Frédéric, que j'avais immolé... Éternel, je te remercie; ma vengeance est satisfaite, et j'ai conservé le bien-aimé de mon cœur.

— Quel effrayant délire!

— Délire?... non, non... c'est la vérité... Tu sais, ce pavillon où tu lui jurais un amour éternel à cette odieuse femme qui déjà m'avait enlevé mon père et voulait encore m'enlever mon amant... eh bien! j'y ai pénétré... j'ai attendu long-temps, mais enfin elle est venue... Elle t'attendait; c'est la femme qu'elle outrageait qui l'a reçue... Tu sais, ami, ce joli stylet dont tu m'avais fait hommage; c'est dans son sein maintenant qu'il repose...

— Misérable! il serait vrai... tu l'aurais assassinée! elle... Colette!...

— D'où vient donc ta fureur? ton infidélité m'aurait tuée... Ne valait-il pas mieux que ce fût ma rivale qui succombât, puisqu'il fallait que l'une de nous deux perdît la vie?

— Monstre! mille fois plutôt ta mort que celle de cet ange!

Et, la repoussant avec horreur, il se
précipite hors de l'appartement.

Échevelée, ensanglantée, éperdue,
Adèle le suit. Frédéric hâte sa marche.
Haletante, épuisée, l'infortunée se
traîne sur ses traces... son délire double
ses forces... l'intérêt la dirige... C'est
vers le fatal pavillon que Frédéric
porte ses pas; mais, avant qu'elle y
soit parvenue, elle tombe inanimée
sur la terre, et ce n'est que plusieurs
heures après qu'elle revient à la vie.
Le souvenir des événemens de la nuit
ne se reproduit à sa mémoire que
comme un songe pénible. Sans la situation où elle se trouve, sans les dou-
leurs qu'elle ressent, elle douterait de
leur réalité; mais il existe une telle
confusion dans ses idées que, sans
trop savoir à quoi s'arrêter, elle re-
prend le chemin de sa demeure, con-

duite par le sentiment de sa propre
conservation, le dernier qui nous
abandonne, sentiment que la nature
a si profondément gravé dans nos
cœurs qu'il survit à tout autre.

Sa chambre est ouverte, tout y est
dans le désordre. Alors le chaos de ses
pensées fait place à un horrible souvenir... tout, tout ce qui s'est passé
se représente à son imagination. Ce
n'est point sa rivale qu'elle a immolée,
comme elle le disait à son amant ; ce
n'est point une femme qui est tombée
sous ses coups... Juste ciel ! quelle terrible pensée ! et ce gémissement qui
a frappé son oreille ! ses cheveux se
dressent sur sa tête, ses yeux sor-
tent de leur orbite, une pâleur li-
vide se répand sur ses traits, et de sa
bouche horriblement contractée et

écumante il s'échappe ces mots terribles :

— J'ai commis un parricide !

II.

La Patrouille.

Le fer a de sa vie expié les horreurs.

RACINE.

Frédéric n'avait su d'abord à quoi
imputer la situation dans laquelle il
avait trouvé Adèle. Il rentrait, triste
et mécontent, car il avait appris une

IV.   2

partie de ce qui s'était passé. Stéphanie,
qui n'avait pu l'informer directement,
avait fait courir après Charles, qui
avait été plus facile à trouver. Sans lui
apprendre tout ce que l'on avait à redouter de l'indiscrétion de la Bernard,
elle l'avait prié de chercher son ami
et de lui dire que le rendez-vous qui
lui avait été promis ne pouvait avoir
lieu. En vain Charles avait voulu des
détails, on ne lui en avait fourni aucun : les momens étaient précieux, il
n'y en avait pas un à perdre. L'amant
d'Élisa connaissait tous les endroits
que fréquentait Frédéric, et, s'il ne le
rencontrait dans l'un, il était sûr de le
trouver dans l'autre, à moins cependant qu'il ne fût en affaire. Ce dernier
croyait en avoir une à terminer qui
occupait toute sa pensée ; il ne songeait
à nulle autre. Il fut facile à Charles

de lui faire part de sa mauvaise fortune. Le mystère que cachait un tel
changement de détermination piqua
sa curiosité, et, pour la satisfaire, il
retourna chez madame Saint-Elme.
Il était tard. Madame Saint-Elme, qui
ne jouait pas dans la dernière pièce,
était rentrée, et défense avait été faite
au portier de laisser monter personne.
Frédéric fut forcé d'ajourner sa visite
jusqu'au lendemain. Il forma mille
conjectures, dont aucune n'approchait
de la vérité; il se rendit chez lui, où
il trouva sa femme étendue à terre et
privée du sentiment. D'abord, au désordre qui régnait dans son appartement, il crut que des malfaiteurs y
avaient pénétré et qu'Adèle était assassinée. Il fut sur le point d'appeler du
secours, mais il reconnut que l'infortunée n'était qu'évanouie, et il s'em-

pressa de lui prodiguer ses soins : nous avons vu quel en fut le résultat..... la défense qu'il avait reçue d'aller au jardin... madame Saint-Elme, qui avait refusé de le recevoir... ce que lui disait Adèle malgré le délire qui la faisait parler, jetait un jour affreux sur les événemens de la soirée. Il en conclut que sa maîtresse avait tout découvert et avait immolé madame Valmincourt à sa jalousie. Sa tête se perd, sa prudence habituelle l'abandonne... il vole aux lieux où il présume que le sang a été versé.

La porte du jardin est ouverte, mais ne l'eût-elle pas été, il en possède une clef... Il entre... il pénètre dans le pavillon, il heurte un corps inanimé et pousse un cri effrayant... Une ronde de nuit passait dans la rue, épiant les démarches de quelques contreban-

diers... Le cri échappé à Frédéric est
entendu... et, au moment où il sort du
jardin, il est arrêté. Il comprend tout
le danger qu'il court, et fait, pour se
sauver, une vigoureuse résistance, il
blesse même quelques-uns de ses ad-
versaires, mais enfin il est forcé de
céder au nombre... plusieurs hommes
le renversent, le garottent avec leurs
mouchoirs et le transportent ainsi au
poste le plus voisin. Là on prit de
nouvelles mesures pour s'assurer de sa
personne, et une douzaine d'hommes
armés furent envoyés pour visiter le
pavillon. Frédéric n'était pas coupable
du crime qui allait être reconnu; mais
comment constater son innocence? Il
fallait sacrifier Adèle : il n'eût pas balancé à le faire, mais alors c'était dé-
truire toutes ses espérances...

Pendant que ces réflexions l'agitaient, le jardin et le pavillon étaient soigneusement explorés... et le cadavre du malheureux Valmincourt fut trouvé gisant dans la première pièce du pavillon. On avait été prévenir les autorités. Frédéric fut ramené sur le théâtre du crime; il resta glacé d'effroi en reconnaissant la victime et ne put que s'écrier :

— La malheureuse!

Il demeura muet. Pressantes sollicitations, menaces, promesses ne purent lui arracher une parole. On le fouilla; on trouva sur lui un portefeuille qui contenait plusieurs adresses; la sienne pouvait être du nombre. Jusqu'alors on ignorait son nom; mais un agent de police survint, et, reconnaissant Frédéric, le signala comme un des plus adroits et des plus intrépides escrocs de la capitale : sa demeure,

son nom étaient connus, il les in-
diqua, et de suite on sentit l'urgence
de procéder à une visite domiciliaire :
il fallait l'effectuer avant que les complices de l'assassin ou ses amis eussent
le temps de dérober à la justice les
preuves qui pouvaient exister du crime
qu'il venait de commettre. Le jour
était arrivé. On arrêta le premier fiacre
qui passa, et à qui ce début ne parut pas
d'un trop bon augure pour la journée.

Frédéric était anéanti : sa vie était
attachée, peut-être, à ce qui allait se
passer chez lui, et son agitation se
manifestait par des tremblemens con-
vulsifs. En montant les degrés, ses
genoux se dérobaient sous lui, et les
gardes étaient obligés de le soutenir.
On frappa, aucune voix ne répondit.
Le commissaire, après les sommations
d'usage, ordonna d'enfoncer la porte,

ce qui fut de suite exécuté. Quel spectacle s'offrit à leurs yeux ! tous en reculèrent d'horreur.

Une femme à moitié renversée sur son lit paraissait en proie aux dernières convulsions... Échevelée et sanglante, elle roulait des yeux hagards et ternes... une noire écume sortait de sa bouche... sa respiration était courte, précipitée, et de sa poitrine oppressée s'échappait le râle de la mort.

Il était facile de le reconnaître à ces effrayans symptômes : cette femme était empoisonnée.

D'ailleurs, elle ne paraît faire aucune attention à ce qui se passe autour d'elle; mais bientôt son regard s'anime, elle fixe tour-à-tour ces inconnus qui ont pénétré dans sa demeure. On place Frédéric sous ses regards... Frédéric enchaîné... qui ne

peut faire un seul mouvement. Elle le
voit, ses traits changent d'expression ;
un sourire convulsif vient errer sur ses
lèvres, que la violence du poison a dé-
chirées ; elle écarte ses cheveux qui la
gênent..

Tout-à-coup l'effroi se peint sur ses
traits... Elle a reconnu le danger que
court son amant ; elle s'élance avant
qu'on ait pu la retenir, et, réunissant
toutes ses forces, elle s'écrie :

— Ce n'est pas lui!... moi!... moi
seule!...

Et elle retombe sans mouvement,
sans vie ; la mort l'avait frappée.

Tous ceux qui sont présens à cette
scène sanglante restent glacés d'horreur. Frédéric, morne et silencieux, attache son regard fauve sur le corps encore palpitant qui gît à ses pieds.

On relève le cadavre de la coupable

et infortunée Adèle, on le place sur un
lit, et, comme rien ne doit interrompre
le cours des opérations judiciaires, on
dresse procès-verbal de ce qui vient de
se passer, et les dernières paroles de la
fille de Valmincourt y sont fidèlement
consignées ; car Frédéric a rompu le silence pour les rappeler, il sent de quel
poids elles peuvent être pour sa justifi-
cation. Malgré la plus exacte explora-
tion, on ne trouva rien qui pût aug-
menter les préventions, déjà assez fortes
que l'on pouvait avoir contre lui. Mais
il s'obstina à ne donner aucuns éclair-
cissemens sur un événement dont la
cause devait lui être connue, si toutefois il n'en était pas l'auteur.

Après lui avoir fait signer le procès-
verbal, Frédéric fut envoyé à la Pré-
fecture de Police, et de là au Dépôt.

III.

L'Épouse adultère.

> La mort est la conclusion du roman
> de la vie.
>
> ANONYME.

Vingt fois pendant la nuit madame Valmincourt fut sur le point d'aller trouver son père. L'absence prolongée de son mari la jetait dans une mortelle

anxiété... mais que dire à Hilaire?... lui
tout avouer... autant valait mourir...
et les heures s'écoulèrent..L'aurore vint
à poindre... le soleil se leva, le jour
chassa la nuit et le sommeil. Hilaire,
qui avait conservé l'habitude de se lever matin, fut fort étonné de voir que
le vieux concierge l'avait devancé.

— Qui donc, lui demanda l'ancien
solitaire, a pu vous rendre si matinal?

— Je ne me suis pas couché.

— Et qui donc attendiez-vous ?

— Mais la personne que j'attends
encore, M. Valmincourt.

— Il se passe donc quelque chose
que j'ignore ?

— Je ne sais, monsieur ; mais tout
ici, depuis hier au soir, me paraît si singulier que je n'en puis revenir.... Madame sort la première.... un commis-
sionnaire vient remettre une lettre à

monsieur.... il fait mettre les chevaux à sa voiture et part.... madame rentre peu après... la voiture de monsieur revient seule, et je l'attends en vain le reste de la nuit.

Tout ce qu'il entendait cachait un mystère inexplicable pour Hilaire. Sa fille pourrait sans doute lui en donner la clef : il se rendit auprès d'elle. La situation dans laquelle il la trouva lui fit craindre que le mal ne fût beaucoup plus grand qu'il ne l'avait pensé d'abord. Il y avait à peine quelques minutes qu'il était dans son appartement lorsqu'un grand bruit se fit entendre dans la cour de l'hôtel.

Colette s'élance à la fenêtre : deux hommes vêtus de noir, suivis de plusieurs autres, entourent le vieux concierge pâle et tremblant : tandis que l'un d'eux le soutient et le conduit dans sa loge, les autres gagnent le vestibule et en franchissent l'entrée. La jeune femme pressent qu'une horrible nouvelle va lui être annoncée; Hilaire n'est pas moins alarmé. On frappe, on ouvre, on entre.

Le magistrat, car c'en est un, demande à parler à madame Valmincourt. Hilaire, glacé d'effroi, la lui montre du doigt : elle est tombée sur un fauteuil, pâle et inanimée.

— Madame, dit l'homme de loi, un malheur affreux, irréparable est arrivé cette nuit; votre époux a été assassiné.

— Assassiné! répéta Hilaire.

La veuve de Valmincourt ne proféra pas un mot, et, poussant un profond gémissement, se couvrit le visage de ses deux mains.

— Le crime a été commis dans un

payillon appartenant à madame Saint-
Elme; l'auteur du crime est arrêté et
découvert.

— Son nom? demanda Hilaire.

— Frédéric.

— Ah!

Colette ne jeta pas un cri, mais sa
tête se renversa, ses bras tombèrent,
et son visage leur apparut couvert de
la pâleur de la mort.

Hilaire, frappé de la foudre, entendait le magistrat et ne le comprenait
pas. Sa femme accourut, et, sans s'in-
quiéter du reste, ne vit que sa fille
mourante et ne s'occupa que de la
secourir.

Oh! ce n'était pas un feint évanouis-
sement comme celui des fêtes de Saint-
Cloud. Le coup qui venait de la frap-
per était terrible. Elle n'aimait pas son
mari : cependant le perdre d'une ma-

nière si subite et si terrible ne pouvait manquer de produire sur elle un
douloureux effet; mais elle adorait
Frédéric, et l'idée qu'il allait porter sa
tête sur un échafaud l'aurait tuée, si
dans son cœur aride et froid l'égoïsme
ne l'eût encore emporté sur l'amour.

Le magistrat ne pouvant obtenir de
madame Valmincourt aucune espèce
de renseignement, suivit Hilaire, qui
voulut connaître tous les détails de
cette tragique aventure. Le récit terminé, il était au fait de toute l'intrigue et il savait combien sa fille était
coupable. Mais pouvait-il être son délateur? Sa moralité était trop bien connue pour qu'on pût le suspecter d'aucune complicité. Il n'en était pas tout-
à-fait ainsi des dames Saint-Elme, et
elles subirent de rigoureux interroga-
toires. Cependant elles étaient inno-

centes du crime qui pesait sur Frédéric, crime que sa maîtresse avait en vain voulu prendre sur elle. Ses derniers mots militaient sans doute en faveur du prévenu, mais ils ne pouvaient suffire pour l'absoudre.

Vers le soir, on apporta à l'hôtel les tristes restes de Valmincourt. Une chapelle ardente fut dressée, et tout le faste des pompes funèbres fut déployé pour les obsèques de ce père, de cet époux infortuné!

A la suite du corbillard qui portait son corps en arrivait un autre; aucune voiture de deuil ne le suivait, pas un seul ami.

La victime et l'assassin cheminaient tous les deux vers la tombe, vers ce point fatal de la réunion générale, où s'endorment toutes les passions qui

empoisonnent ou embellissent le cours
de la vie humaine.

Valmincourt emporta des regrets,
mais les plus vifs furent ceux d'Hilaire.
Il était le seul homme pour lequel le
cénobite eût éprouvé une vraie affection, et ce n'était pas une de ces ami-
tiés éphémères que l'enthousiasme fait
naître et que le moindre choc brise
et détruit; il avait apprécié ses bonnes
qualités, et l'estime était la base de
l'intimité qui régnait entre eux. Il le
pleura amèrement, et cette idée le
tuait, que sa fille, ingrate et adultère
avait causé la mort de son bienfaiteur!

Depuis le moment cruel où il avait
appris la terrible catastrophe, il ne
l'avait pas vue, et il voulait partir sans
la voir, car il était fermement résolu
à retourner habiter Sainte-Nicole. Il

ne pouvait demeurer sous le même
toit que sa fille coupable, et dame Hilaire elle-même avait promis à son mari
de le suivre dans sa retraite. Elle qui
jusqu'alors avait cru Colette irréprocha-
ble! Je laisse à toutes les mères le soin de
juger quelle fut sa douleur lorsqu'elle
fut forcée de reconnaître sa culpabi-
lité. Elle reprocha amèrement à son
mari de ne pas lui avoir plus tôt signalé les travers de cette malheureuse. Les avis auraient pu la sauver,
au lieu que maintenant tout espoir
était perdu.

La mort de Valmincourt avait fait du
bruit. Quoique toutes les personnes in-
téressées dans cette affaire eussent
gardé le secret le plus profond, cependant on savait que le vieux négo-
ciant était tombé sous les coups de
l'amant de sa jeune femme. On préten-

dait qu'Adèle était la complice de Frédéric, que, le voyant arrêté et jugeant
sa perte certaine, elle s'était empoisonnée, et, par un reste d'amour, s'était
chargée seule du crime pour sauver
l'homme qu'elle adorait. A cet égard,
on disait vrai, telles avaient bien été
les intentions de l'infortunée. En cherchant à dérober sa tête à l'échafaud,
si elle avait pu penser qu'elle y expo-
sait son amant, son dévouement nous
est assez connu pour affirmer qu'elle
aurait tout bravé pour le sauver; mais
le remords et le désespoir avaient
égaré sa raison, et la mort lui parut
préférable aux longs tourmens qui lui
restaient à souffrir. Qu'eût-elle fait de la
vie séparée de l'homme qu'elle adorait et ayant sur la conscience le poids
affreux d'un parricide? Lors même que
la justice des hommes n'aurait pas dé-

volu sa tête au glaive des lois, quel
sort lui était réservé!!!..

Oh! si l'exemple affreux qu'elle
fournit pouvait au moins retenir quelque jeune fille prête à se livrer comme
elle à un imprudent amour!.... Mais,
hélas! ce n'est qu'après la séduction
que le séducteur se montre tel qu'il
est réellement, et alors il est trop
tard........

IV.

La Conciergerie.

Attendez à être tombé dans l'infortune
pour compter vos amis.

MAXIME.

Ce ne fut plus pour Frédéric une
entrée triomphale que celle qu'il fit à
la Conciergerie, où il fut incarcéré. Là
sans doute il retrouva une infinité de

connaissances ; mais ce n'était plus cet homme insouciant qui bravait les lois, il en sentait alors toute la rigueur peser lui. En mettant au jour l'intrigue qui le perdait, il pouvait peut-être parvenir à prouver son innocence ; mais en explorant sa conduite anté- rieure, il était impossible qu'on ne sévît pas contre lui, et en supposant même qu'il recouvrât sa liberté, toutes ses espérances étaient détruites : cette for- tune qu'il croyait avoir acquise lui échappait.

Jusqu'alors aussi, toutes les fois qu'il avait été détenu, il avait de l'or, et aujourd'hui il était dénué de tout. Le lendemain de son arrestation, il avait écrit à Charles ; Charles n'avait pas répondu à son appel. Pour affaire de métier, il lui aurait volontiers, comme par le passé, prêté son assis-

tance ; mais l'affaire dans laquelle il se
trouvait compromis, était si grave
qu'il craignait de risquer sa liberté en
s'avouant l'ami du détenu. Ce n'était
pas non plus des dames Saint-Elme
qu'il pouvait espérer du secours. Stéphanie, en apprenant l'horrible catastrophe, avait failli perdre la vie; elle
s'y était montrée plus sensible que
Colette. La découverte de ce qu'était
Frédéric acheva de la désespérer. Desparly, qui lui était attaché et que la
mort de son père rendait libre, fit,
pour assurer la tranquillité de la mère
et de la fille, d'innombrables démarches et de grands sacrifices. Madame Saint-Elme rompit avec son
directeur, n'osant plus se montrer en
public, et Stéphanie fut enfin à même
de réaliser le désir qu'elle avait depuis
long-temps de visiter l'Italie. Achille

offrit d'y faire avec elle un voyage, et
son offre fut acceptée avec empressement. Madame Saint-Elme ne se sé-
para pas de sa fille, et tous partirent
sans laisser la moindre preuve de souvenir au malheureux prisonnier, et,
qui plus est, sans avoir revu la veuve
de Valmincourt. Frédéric était connu
pour avoir du courage et de la fer-
meté : cependant, en cette circonstance, il n'en faisait pas preuve, et ses
camarades d'infortune ne reconnais-
saient plus en lui leur joyeux et insouciant compagnon. C'est que jamais
non plus il ne s'était trouvé dans une
position semblable. L'intérêt était en-
tré pour beaucoup dans la passion
qu'il avait témoignée à Adèle, et il en
avait d'abord été ainsi de celle que lui
avait inspirée Colette. Mais il s'était
pris lui-même au piége qu'il avait

tendu, et la coquette avait su capti-
ver un cœur dans lequel aucun tendre sentiment n'avait pénétré jusqu'a-
lors.

Subjuguée d'abord par la passion
qu'elle avait conçue pour lui, Colette
avait tout immolé à Frédéric; mais
depuis long-temps elle ne trouvait
plus dans son amour une compensa-
tion aux sacrifices qu'il lui coûtait.
Pendant sa maladie, elle avait fait de
sages réflexions, et, sans en rien dire
à Stéphanie, elle pensait à rompre une
liaison qui ne pouvait avoir que des
suites funestes. Mais il y aurait eu du
danger à laisser pénétrer de telles in-
entions à Frédéric, et c'était de loin
qu'il fallait préparer l'événement. Ce-
l ui qui devait survenir brisait tous les
liens, renversait tous les projets, ren-
ait libre et opulente celle qui l'avait

excité : elle y pensa bien plus qu'au
crime qu'elle avait commis. D'après
les dispositions de Valmincourt, sa
veuve héritait de tous ses biens; elle
était seulement chargée de faire une
pension viagère à sa fille, mais celle-
ci n'existait plus, Colette se trouvait
propriétaire de plus de cinquante
mille livres de rente. Hilaire et sa femme n'avaient point été oubliés par
leur bienfaiteur. Hélas ! sa perte ne fut
vivement ressentie que par eux. L'ancien trapiste voulut un moment venger la mort de son ami; mais, par
respect pour sa mémoire, il fit, au
contraire, tout son possible pour que
cette intrigue, qui couvrait sa veuve de
honte, ne fût pas approfondie. Le
croira-t-on? ce fut lui qui le premier
s'occupa de Frédéric. Hilaire était loin
de savoir jusqu'à quel point il était

coupable, mais il trouvait que sa fille l'était encore plus, et puisqu'il usait de ménagement pour elle, l'équité lui faisait une loi de ne pas accabler son complice ; Hilaire s'était imposé une tâche avant de quitter ce Paris où il n'était venu qu'avec répugnance et où jamais il n'avait goûté un instant de bonheur. Il voulait voir se terminer ce procès intenté au meurtrier supposé de Valmincourt. Quant aux affaires personnelles de sa fille, il avait refusé de s'en mêler, et jusqu'alors n'avait eu aucun rapport direct avec elle.

Dame Hilaire n'avait pas pu prendre sur elle de garder une telle rancune. Sans doute elle n'avait pas rendu à Colette sa confiance et son amitié, mais elle la voyait si malheureuse qu'elle ne pouvait au moins lui refuser sa pitié

La jeune veuve humiliée, abattue, et souffrante, recevait ses soins sans en paraître reconnaissante ni satisfaite. A quoi, à quoi songeait-elle? A sortir le plus promptement de la situation embarrassante dans laquelle elle se trouvait; mais au mort rarement, et au détenu plus rarement encore.

Et lui, dans sa prison, il ne s'occupait que d'elle, jour et nuit; sans cesse son image lui était présente: ses amis cherchaient à lui faire oublier le malheur qui l'atteignait, le malheur qui le menaçait. Il ne manquait de rien, quoique dénué de tout; car on se souvenait que, dans des temps plus heureux, il avait disposé de son argent en faveur de ceux qui en manquaient. La fierté de Frédéric était humiliée de se trouver pour ainsi dire sous la dépendance de ceux qu'il avait jusqu'alors obligés.

Forcé de se contenter du régime des prisons, il pouvait apprécier maintenant tout ce que la perte de la liberté a de plus terrible. Jusqu'alors le séjour qu'il avait fait dans les maisons de détention avait plutôt été une partie de plaisir qu'autre chose. A la salle Saint-Martin, à la Force, nous l'avons vu primer, régner en quelque sorte ; mais là, il était sûr de sortir victorieux de la lutte, au lieu que, cette fois, l'affaire pour laquelle il était compromis n'était plus de son ressort. Il n'avait étudié du Code que ce qui pouvait le concerner ; et juste au moment où il avait besoin de prendre un conseil, un défenseur, il se trouvait dénué de tout. Oh! ce fut alors que pour la première fois il songea à la perte qu'il avait faite.

Adèle prévenait tellement ses désirs, allait avec tant d'empressement au-devant de tout ce qui pouvait lui être utile et agréable, qu'elle lui avait ôté la possibilité d'apprécier tout ce qu'elle faisait pour lui.

Et c'est un malheur que de voler ainsi au-devant de ce qui peut plaire à ce qu'on aime. Si on réfléchissait bien, on laisserait au moins naître les désirs, on créerait même des obstacles, on inventerait des difficultés ; parce qu'en les aplanissant, on aurait au moins le mérite d'une victoire ; tandis qu'en satisfaisant trop facilement les fantaisies, on n'encourt que le risque d'être accusé de mauvaise volonté, si on n'a plus le même pouvoir ou le même empressement. Amans, sachez faire désirer à vos maîtresses ce qu'il vous est facile de leur accorder ; mai-

tresses, n'accordez rien à vos amans
sans acquérir au moins le mérite d'une
défaite.

V.

Un Ami.

Du courage,
Les amis sont toujours là.

LE MAÇON.

Luillier n'était pas à Paris, lorsque
cette catastrophe arriva. Une affaire
le forçait à s'éloigner de la capitale, et
il ne pouvait pas y paraître qu'elle ne

fût assoupie. L'avis lui en fut donné,
et de suite il reprit la route de ce
pays de cocagne pour lui et ses pareils.

Sa première visite fut pour Adèle.
Après s'être enquis de leur santé et de
la situation de leurs affaires, ce fut de
Frédéric dont il parla.

— Ah ! dit Élisa, tu ne sais donc
pas, ce pauvre Frédéric, ce qui lui est
arrivé ?

— Eh bien ! qui me l'aurait dit ?
proscrit comme je l'étais, je ne pou-
vais entretenir de correspondance avec
les amis... mais qu'y a-t-il donc ?

— Il y a que ce pauvre diable est au
trou (incarcéré) ?

— Bah ! et pourquoi donc a-t-il été
servi (en prison.)

— Demande à Charles : il était de
l'affaire, et la sait sur le bout du doigt :

s'il le veut, il peut te mettre au-fait de tout.

— Eh bien ! Charles, parle donc. D'abord, l'as-tu vu ce pauvre diable !

— Non, non, il ne l'a pas vu.

— Comment, ils étaient donc en brouille?

—Pas du tout, dit Charles, mais n'étant pas en odeur de sainteté, je n'ai pas voulu aller m'immiscer dans toute cette affaire, car il ne s'agit rien moins que d'un assassinat.

— Oh! oh! d'un assassinat : c'est un peu sérieux.

—Oui, tu sais, le mari de sa maîtresse.

— Je sais, que je ne sais rien : mets moi donc au fait.

Et Charles lui fit un récit assez succinct de tout ce qui s'était passé.

— Eh bien! et la veuve, a-t-elle soin de lui?

— Je ne sais pas.

— Charles, Charles, je savais bien que tu étais une poule mouillée ; mais je ne te croyais pas un mauvais ami. J'en saurai plus long et je suis sûr, moi, qu'il y aura moyen de tirer de là ce pauvre Frédéric.

— Charles n'en a agi que d'après mes conseils, dit Élisa, et si quelqu'un peut faire sortir Frédéric de ce mauvais pas, ce n'est que moi.

— En ce cas, pourquoi donc ne l'as-tu pas fait?

— Il est bon enfant Luillier! mon homme, d'abord, les amis ensuite : si tu veux te charger de l'affaire, je te la donne, et tu en auras toute la gloire.

— Parle, et s'il ne faut que des pas et du courage, tu verras si je manque-

rai de l'un, et si je ménagerai les autres:
pour ce pauvre Frédéric, il n'y a rien
que je ne fasse.

— J'ai le nœud de l'intrigue, Luillier,
et il est aussi facile de prouver l'innocence du prévenu que de boire ce vin...

Et elle vida son verre.

— Vous ne l'avez pas fait. Oh !
quels amis vous faites... parle, parle
donc, Élisa.

Et elle mit Luillier dans la confidence de ce qui s'était passé entre elle,
dame Bernard et Adèle.

Il n'en fallut pas davantage pour que
le judicieux ami de Frédéric fût au fait
de tout. En affaire de ce genre, ceux
du métier ont une pénétration qui les
trompe rarement. C'est une de leurs
principales études.

Une demi-heure après, Luillier était

chez la Bernard; il sut si bien la faire
parler, qu'avant la fin de l'entrevue, il
n'avait plus rien à apprendre d'elle.

Le lendemain, Luillier était dans les
bureaux de l'administration, sollicitant
une permission de parvenir auprès du
prévenu Frédéric. Il répondit avec tant
d'assurance à toutes les questions qui
lui furent adressées, qu'on acquiesça à
ses prières.

Il baisa avec transport le papier qui
facilitait l'accès auprès de son ami, et
s'écria :

— Il est sauvé! il est sauvé! je peux
au moins m'acquitter avec lui.

Et de suite, il fut faire partager sa
joie à Élisa ; car il ne pouvait se le dissimuler, il avait été impossible à Charles de faire ce qu'il pouvait entrepren-
dre. Il se serait perdu sans sauver son ami.

Ce fut le premier moment, non pas

de bonheur, mais de consolation qu'il eût éprouvé depuis son incarcération, que celui où il reçut la visite de Luillier. Il n'y avait pas de temps à perdre : il le mit au fait de tout ce qui avait rapport à la Bernard, et lui dit de demander, ce jour même, à parler à son juge d'instruction, et de lui déclarer toute la part que cette femme avait dans cette sanglante aventure.

— J'hésite encore, disait Frédéric, quoique je reconnaisse qu'il ne me reste que ce moyen de sortir d'embarras.

— Et il faut l'employer! qui peut te retenir?

— Je compromets ainsi madame Valmincourt.

— C'est vrai : mais qu'a-t-elle fait pour toi?

— Rien, jusqu'à présent.

— Eh bien ! son ingratitude la rend indigne de toute considération : pourquoi donc te sacrifier pour elle ?

— Je ne veux encourir aucun reproche de sa part. Avant de rien déclarer de ce que ton zèle a découvert, va la trouver, dis-lui tout ce que tu as vu, tout ce que tu as appris, et nous agirons d'après le résultat de ton entrevue.

Quelques verres d'eau-de-vie furent vidés, car entre gens semblables, rien ne s'agite, rien ne se conclut que le verre en main; après quoi, l'heure de se séparer arriva, et Frédéric se sentant un soutien, un ami, fut tout autre que par le passé. Ah ! c'est que l'homme qui se trouve isolé perd courage : tel qu'il soit, il nous faut toujours un point d'appui; il peut souvent nous entraîner dans sa chute; mais enfin il nous a soutenu, et lors même que nous succombons, nous avons encore l'espoir de nous relever avec lui.

Luillier était éxpéditif; il ne remettait jamais au lendemain ce qu'il pouvait faire le jour même, et en cela il avait raison.

Il se présenta à l'hôtel Valmincourt, et, n'étant pas très-habitué à tant de somptuosité, il éprouva quelque embarras lorsqu'il lui fallut décliner ses noms et qualités pour être admis auprès de madame.

La jeune veuve vêtue du deuil le plus élégant, était nonchalamment étendue sur un canapé; sa pâleur avait fait place à une rougeur assez vermeille, car Luillier, mettant de côté toute retenue, s'était fait annoncer sous le titre d'un des intimes amis de M. Frédéric; c'était un peu hardi, mais comment faire?

Colette congédia le domestique, fit
signe à Luillier de s'asseoir, et d'une
voix tremblante lui dit :

— Que désirez-vous, monsieur ?

— Vous intéresser, madame, en
faveur d'un homme que vous semblez
avoir oublié.

— Monsieur, je suis la veuve de
M. Valmincourt.

— C'est vrai; mais avant d'être la
veuve du vieux, vous étiez la maîtresse
de mon ami.

— Monsieur !...

Et la colère la suffoquait : elle fit le
geste de s'élancer vers le cordon d'une
sonnette.

—N'appelez pas, madame, à moins
que vous ne trouviez bon de m'entendre continuer devant un domestique
l'entretien que nous venons de com-
mencer entre nous.

— Ah! je ne pensais pas m'être exposée à tant d'humiliation !

— Mon intention n'était pas de vous offenser, mais d'exciter votre pitié en faveur d'un homme que son amour pour vous expose à monter sur un échafaud. Sa discrétion jusqu'ici vous a épargnée ; mais ne craignez-vous pas, madame, que votre indifférence n'excite son ressentiment, et qu'il ne trahisse enfin vos communs secrets ? On peut s'exposer pour une femme que l'on aime, qui mérite d'être aimée ; mais pour une ingrate qui vous laisse mourir de misère dans un cachot qu'elle devrait partager, vous conviendrez que c'est un abus, et cet abus il doit cesser, il le faut.

— Grand Dieu ! que prétendez-vous ?

— Tout employer pour sauver mon ami et vous perdre s'il le faut. Je sais

tout, tout, vous dis-je. Ce soir peut-
être on vous arrachera de ce salon
brillant pour vous faire partager le
sort de celui dont vous avez dédaigné
de soulager l'infortune.

— Qui donc êtes-vous pour oser me
menacer ainsi ?

— Son ami, le vôtre si vous voulez ;
mais pour cela il faut faire cause com-
mune avec nous.

— Qu'exigez-vous? parlez.

— Nous avons des droits, mais l'or
nous manque pour les faire valoir.

— De l'or? Vous en aurez.

— En ce cas, nous vous ménage-
rons.

— Croyez-vous donc que jusqu'à
présent je n'aie pas songé à cet infortuné, mais le soin de ma réputation...

— Eh! madame, de quoi diable me
parlez-vous là ? Depuis quand donc a-

t-on besoin d'une réputation avec cinquante mille livres de rente? Si j'étais
à votre place, ce serait, en vérité, la
chose dont je m'occuperais le moins, et,
dans certaines circonstances, vous n'en
avez vous-même tenu aucun compte.

Colette avait entendu parler assez
librement Stéphanie, et ses discours
et sa conduite avaient souvent heurté
plus d'une de ces convenances sociales
si rigidement observées par ses parens;
mais jamais un entretien semblable
n'avait eu lieu en sa présence, et elle
regardait Luillier avec un étonnement
qui, au lieu d'intimider ce dernier,
l'enhardit.

— Et je m'étonne, continua-t-il,
que Frédéric, que vous *fréquentez* depuis si long-temps, ne vous ait pas
placée à sa hauteur; quant à moi, c'est
par là que j'aurais commencé, mais

chacun a sa manière, et lui en avait
une qui ne nous est pas habituelle.
Dans les commencemens il en était
ainsi avec son ancienne, mais enfin il
l'avait mise au pas.

Madame Valmincourt n'en pouvait
entendre davantage, tant ce que disait
cet homme l'humiliait, l'avilissait ; et
elle éprouvait ce mécontentement de
soi-même mille fois plus difficile à supporter que des malheurs plus graves.

—Enfin, monsieur, dit-elle, que voulez-vous de moi ?

— De l'argent, d'abord !

— Combien exigez-vous ?

— Exiger !... rien !... c'est vous qui
devriez m'offrir ?

La veuve ne répliqua rien : elle se
leva, tira une clé de son sein, fut à son
secrétaire, l'ouvrit, atteignit un billet

de mille francs, et le remit à Luillier
en disant :

— Est-ce assez ?

— Pour le moment ; quand il en faudra d'autre, je viendrai vous revoir.
Voilà pour le solide ; mais, pour le
cœur, pas une petite consolation !

— Qu'exigez-vous donc encore ?

— Mais, pourquoi donc toujours
ce mot d'exigence à la bouche ?..... Je
suis sûr que deux signes de votre main
seraient un gage précieux au détenu.

— Monsieur !...

— Ah ! toujours votre réputation
en avant ! Je m'y attendais ; mais, pour
qu'il la ménage, ne pouvez-vous donc
faire quelques concessions ?

Quel regard lança Colette sur le trop
zélé messager ! Il le sentait, et fit un
geste ironique et méprisant que la
glace trop fidèle répéta à la veuve !

Tout son sang reflua sur son cœur :
elle se crut jouée, et hésita. Mais, en
se retournant, elle vit les yeux de l'ami
de Frédéric attachés sur elle avec une
expression si singulière que l'effroi
l'emporta sur le ressentiment. Elle
s'avança de nouveau vers son secrétaire, déchira irrégulièrement une
feuille de papier, traça quelques mots,
et les remit à Luillier sans oser lever
les yeux sur lui et hors d'état de profé-
rer un seul mot. Ce dernier prit la
galante missive, la plia, l'enveloppa
avec le précieux billet de banque, et,
faisant un profond salut à la riche
veuve, il lui dit en sortant :

— Nous nous reverrons, madame,
il nous reste à tous deux des devoirs à remplir, vous comme la maîtresse de Frédéric, moi comme son
ami.

Le cordon de la sonnette fut agité. Un domestique en entendit le son argentin et se présenta à la porte de l'appartement.

— Conduisez monsieur, s'écria la jeune femme. Luillier fit encore un salut, et, accompagné du valet qui l'escortait humblement, il sortit de l'hôtel le cœur content, car il avait trouvé de l'argent pour soulager l'infortune de son ami, et il avait humilié l'orgueil d'une coquette.

Dès le même soir, Charles et Élisa étaient au fait de tout ce qui s'était passé et avec Frédéric et à l'hôtel Valmincourt. Le billet avait été converti en pièces de cinq francs, dont quelques-unes furent sacrifiées pour boire à la santé du prisonnier et à l'heureuse issue de son procès, car, d'après tout

ce qui lui avait été révélé, Luillier ne
doutait pas de voir bientôt Frédéric
rendu à ses amis.

VI.

La Veuve.

> Et quels défauts peut donc avoir
> une femme qui a vingt ans, une
> jolie figure, pas d'enfant et cin-
> quante mille livres de rente?

Valmincourt voyait peu de monde,
et cependant sa veuve était assiégée
de visites : une multitude d'inconnus
assiégeaient sa porte : les uns avaient

eu autrefois des relations commercia-
les avec feu son époux, d'autres étaient
des parens éloignés. Enfin, tous avaient
un prétexte pour se faire admettre à
présenter à madame leurs complimens
de condoléance, et c'était à qui ferait
du défunt les plus pompeux éloges,
ce qui, soit dit en passant, n'était pas
un titre de recommandation auprès de
son héritière. Sans doute elle eût dû
se confiner dans la retraite la plus ab-
solue et n'admettre aucun étranger
auprès d'elle jusqu'à ce que le scanda-
leux procès fût terminé; mais l'isole-
ment l'effrayait, et son miroir lui
disait qu'elle était si jolie sous son cos-
tume de veuve, qu'elle était bien aise
de voir dans les regards de ses visi-
teurs s'il ne la trompait point. Que de
fades adulations! que de flatteries!
Toutes tendaient à la séduire, toutes

visaient à la fortune ; mais Colette ne
prenait de leur encens que ce qu'il en
fallait pour satisfaire sa vanité ; elle
était trop en garde contre ces séduc-
tions auxquelles elle avait cédé une
fois, pour s'y laisser jamais prendre.
Les conséquences en pesaient encore
trop fortement sur elle. Depuis la visite de Luillier surtout, elle rebutait
ses adorateurs et principalement ceux
vers lesquels elle se sentait de l'entraî-
nement. Un cœur tel que le sien n'é-
tait sans doute pas facile à émouvoir ;
mais, parmi les amours spéculateurs
qui venaient chaque jour grossir sa
cour, il s'en trouvait de si séduisans
qu'elle avait besoin d'appeler toute sa
raison à son secours pour ne pas agréer
leurs hommages.

Et Hilaire, qui voyait tout, qui savait tout, gémissait et se taisait. Il ne

voulait pas parler à sa fille; car il
craignait que son indignation ne l'en-
traînât à lancer sur elle l'anathème
dont Valmincourt avait autrefois frappé
la sienne. Sa femme ne pouvait contenir son mécontentement et l'épan-
chait chaque jour. Elle y renonça cependant; car, de tout ce qu'elle pouvait
dire, sa fille n'en tenait aucun compte.

Aussitôt qu'il avait été possible à
Luillier d'être introduit auprès de son
ami, il s'était hâté d'aller lui faire
part du résultat de son entrevue avec
la veuve, et elle outrepassa les espérances du prévenu. Ce qu'il avait aussi
appris de dame Bernard était un moyen
de défense dont on devait tirer parti.
Frédéric était généreux, et sur la somme
que lui remit l'obligeant Luillier il le
força à accepter deux cents francs: le
brave garçon se fit un peu prier, quoi-

que cependant, après le diable, il ne logeât rien dans sa bourse. Frédéric y mit tant d'instances qu'enfin il se rendit. L'accusé n'avait pas osé jusqu'alors prévenir son avocat et son avoué habituels, qu'il avait encore une fois besoin de leurs services : il leur écrivit de suite. Lorsqu'il leur eut exposé le motif de sa détention, ils relevèrent son espérance, et lui firent entrevoir qu'il serait possible de le tirer d'affaire; mais on ne le pouvait sans compromettre madame Valmincourt, et si la peine n'eût pas été capitale, il aurait préféré la subir que d'exposer sa maîtresse tout ingrate qu'elle était aux désagrémens d'une telle publicité. Et elle aussi aurait bien sacrifié une partie de sa fortune pour l'éviter, quoique cependant elle ne fût pas plus généreuse amie que constante épouse.

Il y avait tout lieu de croire que c'était la Bernard qui avait prévenu Valmincourt, et que la lettre anonyme qu'il avait reçue venait d'elle. Luillier, pour obtenir cet aveu, avait en vain employé toutes les ressources de son éloquence; dame Bernard avait persisté dans son premier dire. Elle n'avait trempé en rien dans tout cela; mais appelée devant le juge d'instruction, elle hésita, se troubla, et finit par avouer non seulement qu'elle avait écrit ou plutôt fait écrire la fatale lettre, mais encore qu'elle avait, en quelque sorte, été témoin de l'événement. Cette déclaration, venant à l'appui de ce qu'Adèle avait dit en mourant, mettait au grand jour l'innocence de Frédéric, et il était certain de recouvrer prochainement sa liberté.

Luillier n'était guère moins satisfait

que le détenu lui-même de la tournure que les choses avaient prise ; mais, quoique madame Valminconrt dût rendre grâces au ciel de voir se terminer un procès qui pouvait fixer sur elle, et d'une manière bien défavorable, l'attention publique; cependant elle éprouvait une secrète terreur en pensant que Frédéric allait reparaître dans le monde. Sans doute il devait avoir perdu tout espoir de renouer une liaison si terriblement rompue. Elle avait des torts envers lui ; mais les reproches qu'elle avait le droit de lui faire étaient bien autrement graves. Il fallait un dévouement comme celui de Luillier pour ne pas reconnaître cette vérité.

Un jour que devant une demi-douzaine de ses collègues, il se réjouissait de l'heureuse issue que, grâce à ses soins,

l'affaire de Frédéric devait avoir, il énu-
mérait la fortune de la veuve, et disait :

— Il faudra bien cependant
que nous ayons part au gâteau;
car si le vieux n'eût pas été des-
séché aussi promptement, il aurait
pu changer quelque chose à sa disposition testamentaire, à moins qu'il n'ait
eu plus d'indulgence pour sa femme
que pour sa fille : une fois Frédéric
sorti, nous aurons à cet égard plus
d'un compte à régler.

— Je suis persuadé qu'elle ferait
volontiers un joli cadeau à celui qui
fournirait à Frédéric l'avantage de faire
un petit jugement, ne fût-ce que de
cinq ou six ans?

— Oh ! je t'en réponds, dit Luillier,
mais cela ne serait pas facile; Frédéric
ne se fie pas au premier venu, et je
ne sais pas trop s'il en est un de nous

qui connaisse à fond une seule de ses affaires.

— Ce n'est pas moi, toujours, reprit celui qui avait déjà parlé.

— Ni moi non plus, reprit simultanément le reste des dignes amis du détenu.

La parole de Luillier avait été recueillie : il se trouve des faux frères partout, et l'appât du gain fit naître à un de ceux qui protestaient le plus d'attachememt pour Frédéric, l'idée d'aller proposer à madame Valmincourt, de révéler une affaire qui pouvait conduire son ancien amant au bagne pour une dixaine d'années. Ce serait sans doute un signalé service lui rendre. Dans dix ans il se passe bien des choses : elle pourrait se trouver alors hors des atteintes de Frédéric, tandis que, pour le moment, elle devait s'at-

tendre, de sa part, à de vives persécutions. Le tout était d'aborder la veuve
opulente, et surtout d'obtenir le prix
que l'on attachait à l'éminent service
qui allait lui être rendu. D'après tout
ce qui avait été dit, il était présuma-
ble qu'elle n'avait plus d'amour pour
son ancien amant, et que sa délica-
tesse ne lui ferait pas négliger d'user
du seul moyen de se débarrasser d'un
ennemi, et d'assurer son repos.

Madame Valmincourt était loin de
s'attendre à la singulière proposition
qui allait lui être faite; proposition
qu'elle eût, il y a quelques mois seulement, rejetée avec l'indignation la
plus vive; mais les temps et les circonstances étaient changées, et avec eux,
les sentimens de la coquette. Frédéric
n'eût-il pas démérité, que peut-être
n'aurait-elle pas tenu la promesse qu'elle

lui avait faite de lui donner sa main,
si elle redevenait jamais libre d'en disposer. Il faut plus de philosophie que
n'en possédait la fille d'Hilaire pour
que les dons de l'aveugle déesse ne
produisent pas l'effet qu'ils font ordi-
nairement sur les âmes vulgaires. L'o-
pulence avait éveillé son ambition, et
ce n'était pas un homme comme Frédéric qu'elle voulait donner pour suc-
cesseur à Valmincourt.

Frédéric non plus ne se dissimulait
pas qu'il n'avait plus rien à attendre
de son ancienne maîtresse, mais il ne
croyait pas non plus avoir rien à en
redouter. Son intention était, aussitôt qu'il aurait recouvré sa liberté,
de s'absenter de Paris pendant quelque temps, et toutes ses prétentions
sur les trésors de madame Valmincourt,
se bornaient à obtenir d'elle un second

billet de mille francs. Il n'y avait certes pas là dedans de quoi le taxer d'exi-
gencé : Luillier ne lui avait pas fait
part de ses vues, mais il ne les aurait
pas secondées, et aurait bien au contraire détourné son ami d'un tel projet.

La conduite que Charles venait de
tenir dans cette circonscance, avait
mécontenté Frédéric, et lui avait prouvé
que l'infortune ne laisse pas ou du
moins ne laisse que peu d'amis. Il se
sentait le courage de rompre avec tous
ceux qu'il avait à Paris. Il ne faut pas
croire non plus, qu'Adèle fût tout-à-
fait sortie de sa mémoire : au contraire,
il ne se passait pas de jour qu'il ne lui
accordât un souvenir et des larmes :
sa fin tragique et la dernière preuve
d'amour qu'elle lui avait donnée étaient
pour lui un sujet constant de regrets,
de remords même, car dans la soli-

tude de sa prison il en avait ressenti l'atteinte, avant surtout que la libéralité forcée de madame Valmincourt ne fût venue rendre sa position un peu plus tolérable.

VII.

La Maîtresse et l'Ami.

Je vais vous le livrer à beaux deniers comptants

VIEILLE COMÉDIE.

La fille d'Hilaire était un matin sé-
rieusement occupée à sa toilette lorsqu'un domestique vint lui remettre
une lettre. Elle en recevait peu habi-

tuellement. Tout ce qui était relatif
aux affaires d'intérêt regardait son
fondé de pouvoirs, et ce n'était plus
l'ancien trapiste qui était chargé de la
gestion de ses biens; un étranger l'a-
vait remplacé. Il l'avait mis au courant
de tout ce qui pouvait lui rendre plus
facile la régie de ces vastes domaines,
et se disposait à rejoindre avec sa femme l'humble maison de Sainte-Nicole.

Le bail de son fermier expirait, et
il avait refusé de le renouveler. Il
voulait aller passer ses derniers jours
dans cette paisible retraite. Sans doute
il n'y retrouverait plus la tranquillité
dont il jouissait autrefois, mais au
moins il n'aurait plus devant les yeux
la fille ingrate et coupable dont les
fautes faisaient le tourment de sa vie.
Depuis la mort de Valmincourt il ne
s'était pas encore une seule fois trouvé

en sa présence; Colette n'avait pas
non plus fait la moindre tentative pour
se rapprocher de son père. Dame Hilaire en gémissait, mais elle n'osait
insister ni auprès de sa fille ni auprès
de son mari pour opérer une réconci-
liation qu'elle jugeait impossible.

Revenons au moment où cette dernière reçoit une lettre. Elle en regarde
les caractères, qui lui sont inconnus,
la signature est indéchiffrable, et le
style prouve assez que celui qui l'a
dictée n'a pas reçu une éducation bien
suivie. Enfin, quoique l'écriture soit
à peu près illisible, elle parvient,
non sans peine, à lire ce qui suit:

« Paris. »

« Madame,

» Quelqu'un, qui vous porte intérêt
quoiqu'il n'ait pas l'avantage d'être

connu de vous, est informé des projets que forme M. Frédéric, et qu'il se flatte de mettre à exécution aussitôt qu'il aura recouvré sa liberté. S'il réussit, votre perte est certaine; mais celui qui vous écrit a les moyens de vous tirer d'affaire si vous voulez vous confier en lui. Dans ce cas, vous écrirez à M. Paul, poste restante, à Paris, en lui indiquant le lieu et l'heure qui vous plairont. Il ne manquera pas ce rendez-vous, et vous donnera des preuves qu'il ne vous alarme pas en vain, et qu'il est dans la possibilité de vous rendre le service dont il vous entretient par la présente. »

Suivait la signature.

Cette lettre produisit tout l'effet que son auteur en attendait sans doute. Elle réveilla la terreur un moment assoupie de madame Valmincourt, et

elle ne douta pas un instant que Frédéric ne fût dans l'intention de se
conduire avec elle comme on l'en prévenait. D'ailleurs, que pouvait-elle
risquer à accorder l'entretien qui lui
était demandé? Ainsi qu'elle y était invitée elle adressa la réponse à cet avis
anonyme, poste restante, à M. Paul.
C'était chez elle-même que l'entretien
devait avoir lieu; on était au lundi et
elle la fixait au jeudi suivant.

Dès le lendemain la lettre était parvenue à son adresse, et, à l'empressement que l'on avait mis à l'écrire, le
succès de l'entreprise avait paru certain. Paul cependant y regarda encore
à deux fois avant d'effectuer son projet. Il redoutait le ressentiment de celui qu'il allait trahir, si toutefois, par
un de ces malheureux hasards que le
plus adroit ne peut ni prévenir ni pré-

voir, sa trahison venait à être connue un jour. Ensuite, il était indispensable d'acquérir la certitude que la
déposition qu'il avait à faire contre
Frédéric aurait les suites qu'il en attendait; car autrement, ses promesses
eussent été illusoires, et de sa démarche
il n'en aurait peut-être rien retiré que
la haine de celui contre lequel elle
était dirigée. Paul, bien qu'il partageât
les travaux, les dangers et les avantages de la profession de Frédéric, avait
encore un petit moyen tacite de se
procurer des fonds lorsque la fortune
n'amenait pas sur son chemin quelque
dupe facile : c'était de signaler à messieurs de la police, toujours prête à
recevoir de semblables délations, les
faits et gestes de ses amis.

Parmi ceux de l'état une telle conduite est regardée comme un crime

impardonnable, et le suprême châtiment a plus d'une fois été infligé à ceux
qui l'ont commis. Paul jusqu'alors
avait si bien su cacher son jeu qu'il
s'en était impunément rendu coupable.
C'est qu'il cachait sous les dehors trom-
peurs d'une brusque franchise, une
âme vile et hypocrite, et que, sans
paraître s'immiscer dans les affaires
d'autrui, il avait l'adresse de se tenir
au courant de toutes. On le prenait
d'autant plus volontiers pour confident que jamais il n'avait provoqué
une confidence.

Sûr de n'être pas soupçonné par
Frédéric d'avoir livré un secret qu'il
avait surpris, et qui ne lui avait été
révélé par personne, il fut trouver
M. Jules, et, en s'entretenant avec
lui d'affaires indirectes, il l'amena
adroitement à lui parler de celle qui

le conduisait devant lui. Il voulait juger quel degré d'importance il y attachait. Il était grand. Un des chefs de
l'administration y avait pris part, et
Frédéric n'avait dû l'impunité qu'à
l'impossibilité de fournir des preuves ;
mais tôt ou tard on pouvait, on espérait en trouver, et, pour l'avoir re-
tardé, le coupable n'en subirait pas
moins le châtiment qu'il avait encouru.
Il arriva même à M. Jules de dire qu'il
récompenserait largement celui qui
pourrait lui donner quelques rensei-
gnemens relatifs à cette affaire : une
fois mis sur la voie, il lui serait facile
de découvrir ce qui jusqu'alors lui
avait été si bien caché.

Paul ne se sentait pas de joie, il ne
voyait que profit et avantages de tous
côtés ; et de la veuve et de Jules il
comptait bien arracher assez d'argent

pour braver la colère de Frédéric ou
même de ceux qui chercheraient à le
venger. Il aurait pu sur-le-champ satisfaire le chef de la police secrète, mais
il fallait auparavant qu'il eût vu la veuve, car, malgré le prix qu'il attachait
aux bonnes grâces de M. Jules, il n'aurait pas trahi un confrère pour se les
attirer. S'il le faisait, c'est que la réus-
site de toute l'intrigue en dépendait.

VIII.

Le Marché.

> Je n'en rabattrai pas un sou.
>
> DEUX GASPARDS.

Le jeudi suivant, un homme se présenta chez madame Valmincourt.

— N'êtes-vous pas M. Paul, lui demanda le concierge?

— C'est moi-même, répondit l'étranger; et en disant ces mots il ne pouvait dissimuler le trouble qui s'était emparé de lui, car les traîtres craignent toujours qu'on ne leur rende la pareille, et, qu'en allant tendre un piège, ils ne se trouvent pris à un autre.

— Suivez-moi, reprit le concierge, madame vous attend. Et il précéda le délateur qui commençait à reprendre confiance et à se moquer lui-même de sa panique terreur. Après avoir attendu pendant quelque temps, on l'introduisit enfin et il se trouva en présence de la veuve. La situation de cette dernière était on ne peut plus embarrassante : elle allait se trouver forcée d'entrer avec un inconnu dans des détails qu'une femme n'aborde jamais volontiers, même avec ceux auxquels elle est unie par l'intimité la plus étroite.

Elle se leva et fit quelques pas au-devant de Paul avec une sorte de dignité qui en imposa à ce dernier. Il avait entendu vanter sa beauté; mais il ne l'avait jamais vue, et du premier coup-d'œil il jugea que Valmincourt avait pu se laisser subjuguer par elle; car Colette, dans tout l'éclat de la jeunesse, avait une de ces belles figures qui frappent et qui inspirent sinon du respect, du moins de la retenue.

Ce fut l'effet qu'elle produisit sur Paul. Convenons aussi que tous ceux qui ne sont, comme lui, habitués à fréquenter que ce que la société a de plus vil, sont toujours embarrassés lorsqu'ils se trouvent en rapport avec des gens d'une condition plus relevée : hommage involontaire que les hommes

qui ont encouru le mépris de leurs
semblables rendent à ceux qui ont ou
qu'ils supposent avoir des droits à l'estime publique. Un siége fut indiqué à
Paul; il y prit place. Quelques minutes
s'écoulèrent, sans qu'aucun des deux interlocuteurs prît la parole. Les femmes
ont un tact que nous autres hommes
ne pouvons nous flatter de posséder.
L'embarras de Paul ne put échapper à
la veuve, et de suite elle jugea quelle
supériorité elle avait sur lui. Pleine-
ment rassurée, elle commença l'entretien, et jamais encore son de voix n'a-
vait paru aussi flatteur à Paul.

— Monsieur, dit-elle, l'intérêt que
vous prenez à mon repos vous a fait
solliciter une entrevue que je n'ai point
balancé à vous accorder. J'attends,
monsieur, pour prix de ma confiance,
que vous vouliez m'éclairer sur les

dangers que je puis courir et sur les moyens que vous prétendez posséder de m'y soustraire.

Et la charmante veuve tenait ses beaux yeux attachés sur Paul, avec une expression qui redoublait l'embarras de ce dernier. Se faisant violence et essayant de se rapprocher, autant que possible, du ton avec lequel on venait de s'exprimer:

—Madame, dit-il, sans doute votre intérêt entre pour beaucoup dans la conduite que je tiens en ce moment; mais Frédéric est mon ami, et si je me décide à le trahir, ce ne sera qu'autant.....

Et voyant quelle fausse route il avait prise, Paul resta court et ne trouva plus un mot à placer.

Colette ne savait à quoi s'en tenir, et ce qu'elle pouvait attendre d'un homme qui se disait l'ami de Frédéric. Paul, un peu remis pendant le moment de silence qui suivit son interruption, jugea que ce qu'il avait de mieux à faire était d'aller droit au but, sans s'engager dans des phrases dont il ne pouvait se tirer heureusement.

Madame, reprit-il, je n'ignore rien de ce qui s'est passé entre Frédéric et vous.

Et la jeune veuve devint rouge comme la vierge qui fait l'aveu d'un premier amour. Paul le remarqua et continua ainsi :

— Je sais de bonne part qu'il veut s'étayer de votre ancienne liaison pour vous tourmenter, vous harceler, vous ruiner peut-être. Eh bien! moi, je me suis dit : cela ne se peut pas; une femme peut vous avoir aimé et ne plus vouloir de vous, sans que pour cela il faille en faire une victime... N'est-ce pas donc vrai, madame ?

Oh ! qu'elle souffrait la coquette ! qu'elle se trouvait humiliée ! elle portait à sa figure un mouchoir du plus beau travail, et ses jolies dents, sans respecter la finesse du tissu, s'y imprégnaient et le déchiraient en lambeaux. Elle répondit par un léger mouvement de tête à l'interpellation de l'orateur.

Il reprit :

— Eh bien, belle dame, il dépend de moi de vous rendre ce service, ce service inappréciable, car ce n'est pas une petite chose que de passer par les mains de mon ami Frédéric ; je vous avoue que, pour mon compte, je ne m'en soucierais pas, et à plus forte raison une femme. Car qu'est-ce que c'est qu'une femme pour lutter contre un gaillard comme celui-là?

Colette était révoltée : jamais un tel langage n'avait encore frappé son oreille, celui de Luillier étant moins trivial.

— Enfin, monsieur, résumez-vous.

— Oui, madame, c'est à quoi je songeais. Vous avez de l'argent, je n'en ai pas, et je voudrais en avoir.

— Monsieur...

Et madame Valmincourt se leva.

— Oh! madame, ne vous emportez pas! écoutez-moi, toute peine mérite salaire : je ne suis pas obligé moi de vous vendre un de mes amis pour rien. Payez-moi en femme de qualité, et Frédéric est à l'ombre pour dix ans.

— Finissez, monsieur, ou j'appelle.

— J'ai fini, madame : on recherche l'auteur d'un vol qui jusqu'à ce mo-

ment a échappé à toutes les investiga-
tions de la police : l'auteur de ce vol,
c'est notre homme; il payera de dix
ans, en fournissant les preuves; je les
ai, voyez si pour dix mille francs
vous voulez assurer votre tranquillité...
Vous vous taisez.....ne marchandez pas,
car je ne suis pas disposé à rabattre un
sou de mes prétentions.... Je vous laisse
réfléchir : vous savez mon adresse : il
vous reste cinq jours pour vous décider, car Frédéric sera libre à cette
époque, et il faudrait mieux le laisser
où il est que de le faire repincer
comme ça tout de suite; ce serait pour
lui un crève-cœur de moins, et, si
nous pouvons le lui éviter, pourquoi
ne pas le faire.... Adieu, madame,
M. Paul, poste restante; en attendant
votre serviteur très-humble.

Et il se leva, reporta son fauteuil

à sa place, et allait sortir.... Il revint:

— Ah ! j'oubliais, il ne faut pas que vous preniez plus de trois jours, parce que j'aurai quelqu'un à prévenir à la police. Adieu, belle dame.

Et il sortit sans que la fille d'Hilaire, muette de honte, pût articuler un seul mot. Seule, il lui fut impossible de modérer sa douleur, ses pleurs coulèrent avec abondance :

— Suis-je donc assez humiliée ? se demandait-elle, que faire, à quoi m'arrêter ? puis-je me résoudre à consommer avec ce misérable, la perte de celui que j'ai tant aimé ? L'infâme ! mérite-t-il encore quelques regrets de ma part ?... ne m'a-t-il pas indignement trompée, abusée,...Frédéric! Frédéric! ce n'est plus lui ! Moi de la pitié,... non, mille fois non....

On frappe à la porte ; c'était un de ses gens.

— Que me voulez-vous ?

— Un homme demande à parler à madame.

— Un homme ?

Et elle cherchait à composer sa voix, son maintien et ses traits.

— Oui, madame, et que je n'ai pas voulu laisser pénétrer jusqu'ici, car il me paraît pris de vin.

— Pris de vin, dites-vous ? mais mon dieu, à quoi suis-je donc exposée ?

— Que madame se rassure, je vais le chasser.

— Non, non.... Où est mon père ?..

— Le père de madame ?....

Et il y avait des regrets et des larmes dans la voix du valet.

— Oui, oui, mon père ?

— Pardonnez, madame, mais je crains de vous affliger.

— Lui serait-il arrivé quelque malheur?

— Dieu l'en préserve! le digne homme, seulement il est parti.

— Parti?

— Il y a une heure.

— Et ma mère?

— Elle suit son époux.

— Ah!

Madame Valmincourt tomba évanouie, le valet appela, un homme survint : c'était Luillier.

—Le domestique s'oppose à ce qu'il pénètre dans l'appartement; une lutte s'engage, les coups suivent les injures. La veuve revient à elle et voit son domestique sanglant, foulé aux pieds par l'ami de Frédéric. Elle agite les sonnettes; toute la maison accourt,

on se rend maître de l'auteur de tout
ce trouble, on veut le faire arrêter ;
madame Valmincourt s'y oppose. On
l'entraîne, et, malgré tout le bruit, ses
oreilles, si délicates, sont frappées de
ces mots :

— Voilà bien de l'*harmonie* pou
parler à une catin !

IX.

Les fers pour dix ans.

Moi avant tout.

SYSTÈME UNIVERSEL.

Deux jours après la scène que nous venons de rapporter, madame Valmincourt, étendue sur son lit de repos, et à peine remise de la scène affreuse que Luillier avait faite, réfléchissait profondément et se demandait si elle devait ou non accepter la proposition de Paul ; si un des amis de Frédéric se croyait autorisé à se conduire avec elle comme Luillier l'avait fait, à quels excès devait se porter Frédéric lui-même. Plutôt que d'être exposée à une avance comme celle qui venait de lui être faite, elle aurait préféré quitter Paris ; mais son ennemi recouvrant sa liberté, qui pourrait l'empêcher de la poursuivre ? Elle le connaissait assez entreprenant, pour savoir que les obstacles ne le rebutaient pas, et qu'il savait les aplanir avec une facilité désespérante.

Toutes ces considérations lui firent prendre un parti décisif ; ce fut d'accepter les offres de Paul, et de suite elle écrivit dans ce sens : le soir même, toutes les conditions du traité étaient conclues; une partie de la somme devait être immédiatement comptée au traître, et, pour le reste, il lui fallait attendre que la sentence eût été prononcée, car Frédéric pourrait avoir un moyen de défense inconnu, et s'en servir pour échapper au coup qui allait lui être porté.

En sortant de chez la veuve, content de lui-même, il dirigea ses pas vers la petite rue Sainte-Anne, où le roi des mouchards, entouré de sa cour, se faisait rendre un compte exact des nouvelles du jour. Elles n'étaient sans doute pas conformes à ses désirs ; car ses sourcils se fronçaient, et il adressait en termes expressifs les plus durs reproches à ses affidés.

—Bien, pensa Paul, je sais le moyen de faire cesser ta mauvaise humeur;

mais je ne te livrerai de mon secret
que ce que tu en paieras.

Et abordant le despote souverain,
il lui demanda la faveur d'une au-
dience particulière.

— Et qu'as-tu donc de si essentiel
à me communiquer, est-ce si pressé
que je ne puisse achever d'entendre
les rapports de ces messieurs?

— J'attendrai tant qu'il vous plai-
ra; mais vous vous privez volontai-
rement du plaisir que vous fera la
nouvelle que j'ai à vous apprendre,
en reculant le moment d'entretien que
je vous prie de m'accorder.

— Dis-moi seulement sur quel sujet doit rouler cet entretien?.

— Sur l'affaire dont vous me parliez
l'autre jour.

— J'en ai tant que je ne sais plus
trop laquelle.

— Vous paraissez cependant tenir beaucoup à découvrir....

— Ah ! j'y suis, et tu saurais quelque chose ?...

— Sans cela, serais-je venu vous trouver ? Je sais tout.

— Messieurs, éloignez-vous, et que personne ne nous interrompe.

— Les mouchards, en sous-ordre, se retirèrent : Jules et Paul se trouvèrent seuls.

L'entretien fut assez long. Les deux interlocuteurs se séparèrent on ne peut plus satisfaits l'un et l'autre. Jules donna de suite des ordres pour mettre à profit l'importante révélation qui venait de lui être faite.

Frédéric était bien loin de s'attendre au coup terrible qui lui était réservé. Encore deux jours, et il allait recouvrer sa liberté ; son âme se dila-

tait en pensant à ce moment heureux.
Tout ce qu'il avait à faire pendant les
premiers jours qui allaient le suivre
était tracé et décidé d'avance. Une
visite à madame Valmincourt devait
être une de ses premières démarches;
comme il ne doutait pas qu'elle aurait
l'issue qu'il en attendait, il ne songeait pas à lui en faire d'autres; son
départ devait s'effectuer bientôt après:
certes, si Colette avait cru en être
quitte à si bon marché, elle n'eût pour
si peu de chose vendu dix ans de la
liberté de son ancien amant; mais
Paul avait tiré parti de l'effroi qu'il lui
avait causé, et surtout de l'effet qu'avait
produit sur elle la scène de Luillier.

Frédéric n'avait pas comme autrefois gaspillé ses fonds en folles orgies:
plusieurs centaines de francs étaient
encore en sa possession...; mais avant

de les quitter pour long-temps selon
son espérance, il ne put résister au désir
de donner une petite fête à ses compagnons de captivité, ne fût-ce
que pour laisser de lui et de sa libéralité, la réputation qu'il s'était éta-
blie.

La veille du jour où il supposait devoir sortir de prison, il donna un dî-
ner à ses connaissances les plus intimes ; et dire ce qui s'y passa, ce
serait répéter la scène de la salle Saint-
Martin. Le local seul n'était pas le
même. Chacun enviait le sort de l'am-
phitrion, qui le lendemain devait recouvrer ce bien si précieux, dont la
plupart d'entre eux devaient être encore pour si long-temps privés.

A peine le repas était-il terminé que
Frédéric fut appelé au greffe. On avait
sans doute quelques formalités à rem-

plir pour sa mise en liberté : il le crut ainsi, et se rendit auprès des chefs avec cette assurance que possèdent seuls ceux qui n'ont rien à redouter. Quel fut donc son étonnement lorsqu'on lui signifia que son écrou était levé en ce qui concernait l'affaire Valmincourt, mais qu'un nouveau mandat d'amener avait été lancé contre lui, qu'on lui en ferait bientôt connaître les motifs, et qu'en attendant il allait être conduit à la Force. Ce fut un coup de foudre pour ce malheureux. Il demanda quelques explications qu'on refusa de lui donner : le secret le plus rigoureux était recommandé.

Reconduit dans sa prison, il donna un libre cours à sa fureur que la crainte du cachot lui avait fait contenir : il jura de tirer une vengeance éclatante de l'infâme qui l'avait trahi;

car, n'ayant depuis long-temps rien
fait qui pût l'exposer au malheur qui
lui arrivait, il fallait que ce fût une
ancienne affaire vendue. Un moment
il soupçonna Charles, mais bientôt il
lui rendit plus de justice : il pouvait
être un ami froid, mais non un traître.

Dès le lendemain, Luillier était de
bonne heure aux portes de la concierge avec quelques amis, et un dé-
jeûner des plus délicats était servi.
Lorsqu'il apprit la fatale nouvelle il
n'éprouva pas une surprise moins pénible que Frédéric lui-même, et le
festin, qui devait être si joyeux, fut
promptement terminé.

A la manière dont le procès s'ins-
truisit, Frédéric jugea qu'il était perdu;
mais qui pouvait l'avoir ainsi livré?
C'est ce qu'il lui fut impossible de jamais découvrir. Luillier cependant ne

ménagea pas ses démarches ; elles furent infructueuses. Il en voulut tenter
une nouvelle auprès de la veuve, mais
on le repoussa si durement lorsqu'il
se présenta à sa porte qu'il désespéra
de la voir jamais s'ouvrir pour lui.

Pendant son nouveau séjour à la
Force, Frédéric ne demanda point à
habiter le numéro 20 ; il eût fait une
trop grande disparate avec les joyeux
compagnons qui s'y trouvaient. Ses
craintes étaient trop vives pour pouvoir les dissimuler ; sachant à quels
sarcasmes l'exposerait sa terreur, il
voulait les éviter.

Sans en donner avis ni à Luillier ni
à Charles, il se décida à implorer encore une fois l'assistance de madame
Valmincourt, et il lui écrivit la lettre
suivante :

Paris...

« Madame,

» La fortune, qui vous sourit, m'a abandonné. Je n'ai pas le droit de me plaindre. La position dans laquelle je me trouve, celle bien plus effrayante encore qui me menace, sont, j'en conviens, le fruit de ma conduite antérieure. Je n'attends pas de vous un pardon, je ne l'implore pas même; mais c'est à votre bienfaisance que j'ai recours. Déjà j'en ai ressenti les effets; pour la dernière fois je vous en demande une nouvelle preuve. Je me trouverai ainsi dans la possibilité, non pas de détourner le malheur qui me menace, mais au moins de le rendre plus supportable.

FRÉDÉRIC. »

Une sorte de remords agita la belle

veuve lorsqu'elle parcourut cette lettre. Si son ancien amant avait eu des intentions telles que le supposait Paul, aurait-il employé ce style respectueux? N'eût-il pas exigé ce qu'il sollicitait avec tant de réserve? Elle commença à croire qu'une sordide cupidité avait peut-être porté un traître à l'effrayer pour lui soutirer de l'or. Cette idée lui fit un mal affreux; mais il n'y avait pas à reculer. Que le misérable eût eu ou non l'intention de la tromper, Frédéric devait subir son arrêt. Au moins, puisqu'elle pouvait alléger sa peine, ne devait-elle pas balancer à satisfaire à sa demande? Elle fit parvenir au détenu un second billet de mille francs.

Deux mois après, les journaux annonçaient que Frédéric... convaincu de vol avec préméditation, d'assassinat et d'autres circonstances aggravantes, était condamné à dix ans de travaux forcés, à l'exposition et à la marque.

Pauvre Adèle! si elle eût vécu, elle en fût morte de douleur. Madame Valmincourt aussi en ressentit un chagrin profond. Mais sa fortune et les flatteries journalières dont elle était l'objet, effacèrent promptement de son esprit l'impression fâcheuse qu'y avait laissée cet événement.

On n'est rien moins que rigide à Paris, et telle femme que l'on devrait refuser de recevoir, devient à la mode, et est recherchée. Il en était ainsi de Colette. Son histoire avait fait bruit, et on se l'arrachait.

X.

Un Anglais.

Et je mets à tes pieds mon rang et ma fortune.

COMÉDIE.

Les Anglais, malgré leur flegme, ont souvent une tournure d'esprit assez originale. De ce nombre était lord Belmour. Depuis trente ans envi-

rou, il s'était successivement attaché au char de toutes les beautés
célèbres, et on pouvait assurer qu'aucune d'elles n'avait jusqu'alors, ni
répondu à son amour, ni couronné
ses vœux. Milord était riche cependant; mais il ne pouvait guère
compter que sur cet avantage pour
fixer un cœur; car de l'esprit, il en
possédait juste assez, pour que ses parens ne pussent pas le faire inter-
dire, et s'il avait eu dans sa jeunesse
quelques agrémens extérieurs, l'âge en
avait effacé jusqu'à la moindre trace.
Il était parvenu à cette énorme rotondi-
té que l'on ne voit acquérir qu'à messieurs de la Tamise. Milord était las
de papillonner, et décidé irrévocable-
ment à faire une fin. La célébrité de
madame Valmincourt arriva jusqu'à
lui, et il trouva sa beauté supérieure

à tout ce qu'il avait entendu dire. La jolie veuve compta donc un adorateur de plus, et ce n'était point un adorateur à dédaigner que lord Belmour. Il venait justement d'hériter d'un de ses oncles, qui lui laissait outre le titre de comte, plusieurs mille livres sterling de rente. D'abord, la fille d'Hilaire se moqua de sa conquête, et il y avait lieu; mais le titre de comtesse lui souriait : cette immense fortune ajoutée à la sienne, ne lui déplaisait pas, et elle avait envie de voir si Londres offrait à une jolie femme, autant de plaisirs que Paris.

Milord ne fut donc pas rebuté. On ne se jeta cependant pas à sa tête : mais par degrés on sembla s'accoutumer à lui, et l'Anglais tomba dans le piége qui lui était adroitement tendu....Il y avait à peu près dix mois que Val-

mincourt était mort. Un élégant demi-
deuil avait remplacé ces lugubres vê-
temens qui commençaient à fatiguer
la coquette. Elle ne donnait pas encore
de bals, mais des soirées, des dîners,
et elle avait déjà reparu au spectacle.
Partout où elle allait, les suffrages lui
étaient accordés. Les plus élégans jeu-
nes gens de la capitale se pressaient
autour d'elle. Les femmes la fuyaient,
il est vrai, et se vengeaient de ses
succès par leurs dédains; mais peu
importait à Colette. Elle leur permettait
de lui porter envie ; car elle se trouvait
heureuse.

Lord Belmour vint donc un soir en
grande tenue offrir à la fille d'Hilaire
sa nullité, son titre de comte, et ses
mille livres sterling. Le tout fut ac-
cepté, et milord exprima si grotesque-
ment la satisfaction qu'éprouvait son

immense machine , que malgré l'engagement qu'il venait de prendre, madame Valmincourt eut un moment la
pensée de rejeter les vœux d'un aussi
ridicule amant. Oh! si elle n'avait pas
déjà songé aux compensations que lui
avait indiquées Stéphanie, certes, elle
n'eût jamais consenti à cet hymen, au
moins aussi disproportionné que le
précédent. Peut-être Colette pensait-
elle déjà aussi que le troisième la dé-
dommagerait des deux premiers.

Tout lui riait à cette nouvelle favo-
rite de la fortune ; et cependant, que
faisait-elle pour mériter ses douceurs?
Pour la forme, car au fond elle n'y tenait pas, elle écrivit à son père et lui
demanda son consentement ; Hilaire,
en recevant cette lettre, sentit son
âme brisée ; mais réfléchissant qu'il valait autant que sa fille fût la femme

d'un riche Anglais que la maîtresse de
quelque aventurier, il lui envoya son
consentement. Là, se borna la correspondance du père avec la fille, et si
quelques-uns des événemens qui vont
suivre vinrent à la connaissance du
cénobite, ce fut par voie indirecte.
Souvent dame Hilaire versait des larmes, l'ingratitude de sa fille chérie les
lui arrachait. Que de prières elle adressa
à sa patrone pour la supplier de veiller
sur son enfant, d'arracher le voile fatal qui lui cachait la vérité.... Prières,
vœux inutiles ! Et comment résister à
tout ce que les plaisirs ont d'attrayant?
pourquoi refuser le bonheur lorsqu'il
se présente à nous?... Colette voulait
jouir de tout celui que l'aveugle déesse
mettait à sa disposition. Oh ! ne la con-
damnez pas légèrement : malgré le libre arbitre dont on dit chacun de nous

pourvu, quoiqu'on nous prête un égal penchant au bien et au mal, convenons qu'il n'est pas aussi facile de faire l'un, que d'éviter l'autre. Heureux celui qui possède la force nécessaire pour ne pas succomber; mais plaignons le malheureux qui s'égare, et usons envers lui d'une indulgence, à laquelle il n'est aucun de nous qui ne doive tôt ou tard avoir recours.

Colette ne pensait à rien de tout cela. Elle jouissait du présent, évitait de reporter ses pensées en arrière; et les guinées de l'Anglais, et les domaines du défunt la tranquillisaient pour l'avenir. Tout son plan de conduite était tracé; il était sage, car elle avait défendu à son cœur de se laisser jamais séduire; plus de passions, plus de ces amours qui coûtent plus de larmes qu'ils ne procurent de plaisirs !... mais, non rupture avec ces derniers, la volupté n'est pas inséparable de l'amour.

Bientôt il ne fut bruit dans le monde que du prochain mariage de la veuve de Valmincourt, avec l'opulent comte de Belmour. Que d'avis il reçut le riche Anglais! Rien n'y fit : il voulait du mariage, et tout s'apprêtait pour le conclure.

Encore une fois les plus habiles ouvrières de la capitale mettaient leurs talens à contribution pour faire quelque chose digne de la fille d'Hilaire. Encore une fois tout était en rumeur dans l'hôtel; les équipages, les meubles, tout était renouvelé, l'édifice remis à neuf, les jardins replantés, le nombre des gens quadruplé. L'ancien propriétaire fût revenu, qu'il aurait eu peine à se reconnaître. Il est inutile de dire que son portrait en pied que

Colette regardait la première nuit de ses noces disparut, et nul ne put dire ce qu'il était devenu.

Les nouveaux époux devaient habiter cet hôtel : il était décidé que l'on passerait l'hiver à Paris; que l'on irait ensuite visiter en Angleterre les domaines du comte; et que l'on rentrerait à Londres à l'automne, pour venir ensuite jouir à Paris des plaisirs du carnaval. L'année suivante, on projetait un voyage en Italie : oh! que Colette aurait eu de plaisir à y rencontrer Stéphanie, à l'éclipser, à la faire repentir de l'avoir aussi subitement abandonnée. De cela, elle lui gardait rancune, et pensait bien à en tirer vengeance quelque jour. Eh bien! en cela ses projets échouèrent, car avant même que l'hymen projeté fût conclu, Stéphanie Saint-Elme, alors

madame Desparly, était de retour à
Paris. Sa mère avait trouvé un bon
engagement pour les États-Unis, et
était partie. Disons que le Colin de la
troupe, fort joli garçon, avait été
pour beaucoup dans cette décision.

Madame Desparly fut bientôt au fait
de tout ce qui concernait son élève;
elle voulut se réconcilier avec elle, et
lui dépêcha son époux, taillé sur un
modèle si commun aujourd'hui. C'était
de sa part une grande imprudence,
car l'ancienne passion d'Achille pouvait ne pas être si bien éteinte qu'il
fût impossible de la rallumer; mais
Stéphanie, qui ne réfléchissait jamais,
ne conçut pas cette crainte; et qui
sait? peut-être, au contraire, voulait-
elle se servir de l'influence que pouvait avoir son ambassadeur pour s'assurer gain de cause.

XI.

Les Secondes Noces.

Colette ne savait pas que Desparly eût épousé Stéphanie, et elle ignorait également leur retour à Paris. Occupée de ses préparatifs d'hymen, elle

allait peu dans le monde. Quel fut son
étonnement en entendant annoncer
M. Achille Desparly. Elle fit répéter ce
nom, croyant qu'elle s'était méprise;
mais son ancien adorateur se présen-
tant devant elle, ajouta encore à son
étonnement. Elle le reçut avec froideur,
se souvenant de la conduite que ceux
qui se disaient ses amis avaient tenue
avec elle, lorsque le malheur avait
semblé vouloir la choisir pour victime.
Achille justifia Stéphanie de son mieux,
et obtint de la veuve une promesse
de pardon. Il lui fit en même temps
part de son mariage, et ce fut en partie le motif qui décida la future comtesse à se rapprocher de son ancienne
confidente.

Dès le même jour, madame Desparly
dîna à l'hôtel; madame Valmincourt
la présenta à lord Belmour comme sa

meilleure amie. L'épais insulaire fit
l'aimable, et demanda à Achille s'il
trouverait bon que l'intimité qui existait entre leurs épouses s'établît entre
eux. Desparly répondit affirmativement
comme on le pense bien, et lorsque les
deux dames se trouvèrent en tête-à-tête:

— Tu es, dit Stéphanie à Colette,
une créature bien privilégiée.

— Comment cela?

— Valmincourt et ton lord sont
de ces maris qu'on ne trouve pas partout, et ils te tombent en partage... Si
je ne t'aimais autant, je serais jalouse
en vérité.

— Et le tien?

— Il a son mérite; mais qu'il est
loin de ceux-ci!

Pas un mot qui pût rappeler Frédéric. Stéphanie attendait, pour en parler, que madame Valmincourt mît l'en-

tretien sur ce sujet. Elle n'avait garde;
cependant elle savait tout, et madame Desparly avait également tout
appris depuis son retour.

Enfin, l'hôtel était réparé : les meubles les plus somptueux, les tableaux
des meilleurs maîtres en décoraient
l'intérieur. Les magnifiques toilettes
étaient terminées, et le jour de l'hymen avait lui.

Il y en avait encore qui plaignaient
Colette de lier sa vie à celle d'un homme
tel que Belmour, et certes, toute autre
qu'elle aurait pu inspirer de la pitié;
mais, en cette circonstance, c'était à
l'époux qu'il fallait en accorder.

L'Anglais avait voulu de nombreux
témoins à son triomphe, à son bonheur. Quoique les appartemens de
l'hôtel fussent immenses, le nombre
des convives était tellement considé-

rable qu'il y régnait du désordre, et
plus d'un acteur prit sans doute part à
cette fête sans y avoir été invité.

La jeune comtesse à qui ce titre avait
déjà été donné plus d'une fois, était
vraiment fatiguée de ce tumulte et de
l'obligation où elle se trouvait de ré-
pondre à de fades complimens, à d'in-
sipides félicitations. Elle pria son amie
de l'accompagner quelques momens
dans son appartement pour y respirer
un peu librement. Stéphanie ménagea
adroitement leur retraite, et toutes deux
se trouvèrent bientôt en tête-à-tête
dans l'élégant boudoir de la jeune lady.

A peine si le bruit de la fête parve-
nait jusqu'à elles. Stéphanie debout,
remettait le peigne étincelant de son
amie que le mouvement de la danse
avait dérangé. Quelques joyeuses plai-
santeries leur échappaient, lorsque la

porte s'ouvrant brusquement, deux hommes le pistolet à la main, s'élancent et l'un d'eux s'écrie :

« Si vous dites un mot, si vous jetez » un seul cri, vous tombez mortes à » nos pieds. »

Cet homme là, c'était Luillier.

L'autre.... Colette le regardait en frémissant, car le canon de l'arme fatale touchait son sein... l'autre, c'était Frédéric...

Elle balbutia son nom, mais la terreur comprimait ses lèvres, et aucun son n'en pouvait sortir.... Stéphanie tremblait de tous ses membres...

Luillier d'une main la tenait en joue, de l'autre il la débarrassa du peigne de la comtesse et lui arracha assez brutalement les bijoux qu'elle portait. Frédéric en agissait de même avec son ancienne maîtresse... Le bou-

doir était au rez-de-chaussée : mena-
çant toujours les deux femmes éper-
dues, ils ouvrent la fenêtre, s'élancent
dans le jardin et disparaissent avant
que leurs victimes fussent revenues de
leur terreur.

Stéphanie est la première qui re-
couvre le sentiment. Ses cris ne pouvaient s'entendre, et avant qu'on fût
venu à leur secours, les voleurs se
sont échappés. La fête est troublée :
lady Belmour est emportée mourante
de frayeur dans la chambre nuptiale,
et Stéphanie raconte aux convives
étonnés l'événement dans tous ses détails ; seulement, par une discrétion
dont son amie lui sut plus tard un gré
infini, elle dit que les malfaiteurs lui
étaient inconnus.

Mais les diamans n'étaient pas les
seuls objets qu'ils eussent dérobés ; le

secrétaire de madame Valmincourt avait été forcé, et une trentaine de billets de banque étaient tombés entre les mains des voleurs.

Luillier et Frédéric avaient fait là une bonne journée, et sans doute que parmi les lecteurs il ne s'en trouvera guère qui plaindront le lord et sa lady.

Belmour non plus ne se désolait pas trop de cette perte quoiqu'elle fût assez considérable : il pouvait la supporter sans être même forcé à la moindre économie pour la réparer; mais ce qui le chagrinait le plus, c'était l'effroi de sa jeune épouse et la crainte qu'il ne compromît sa précieuse santé. Et convenons aussi qu'une première nuit de noces de semblables événemens sont fort intempestifs.

Celui-ci termina la fête. Madame Desparly, non moins effrayée que la comtesse, resta à l'hôtel, et son mari ne la quitta pas.

Plusieurs personnes prétendirent qu'un tel début n'était pas d'un bon augure pour milord.

Colette passa une nuit fort agitée. Elle n'avait encore rien confié à Stéphanie de ses relations avec Paul et de la sécurité qu'il lui avait promise. Quand bien même Frédéric fût resté libre, que pouvait-il arriver de pis que ce qui venait d'avoir lieu? Elle avait donc en pure perte consommé la ruine de son amant et sacrifié une somme considérable. A peine le jour venait-il à paraître qu'elle fit prier Stéphanie de venir près d'elle, si toutefois elle le pouvait. Madame Desparly, quoique souffrante, accéda à ses désirs, et reçut une pleine et entière confidence de tout ce qui s'était passé.

XII.

L'Évasion.

Avec de la persévérance on vient à bout de tout.

L'homme qui veut, peut.

La crainte d'un malheur est souvent plus difficile à supporter que le malheur même : l'indécision est un supplice plus intolérable que la réalité. Tant que l'espérance peut être conservée d'échapper à un péril quelconque, on est tourmenté, agité, en proie à tout ce que l'anxiété a de plus cruel. Quand le coup est porté, quand le sort qui nous est dévolu est jugé par nous inévitable, eh bien, la résignation se présente, on la saisit, parce que

> Plutôt souffrir que mourir,
> C'est la devise des hommes,

comme le dit La Fontaine, et, sans contredit, La Fontaine disait juste et bien.

Frédéric, condamné au bagne pour dix ans, prit son mal en patience. Ce qui lui souciait le plus, c'était cette heure d'exposition et cette fatale application de l'infamie, reste de barbarie sur lequel il est inconcevable que les lumières du dix-neuvième siècle n'aient pas encore éclairé.

Luillier n'abandonna pas son ami malheureux et ce fut le seul dont le condamné reçut quelque preuve de souvenir. Il releva son courage abattu, et lui fit espérer que, peut-être, il était encore un moyen de le soustraire à l'horreur du sort qui l'attendait.

Un homme, un vrai philantrope s'est dévoué à alléger les peines des malheureux que le glaive de Thémis a atteints. Luillier s'adressa à lui, et l'intéressa en faveur de son ami. Lui-même avait déjà éprouvé les effets de sa bonté compatissante : Frédéric s'en ressentit. Sa peine fut diminuée de trois ans, la flétrissure fut épargnée ; mais il ne put éviter l'heure cruelle d'exposition.

Luillier ne bornait pas là ses preuves d'affection ; tout l'argent dont il pouvait disposer, il le faisait passer au

détenu, et ce dernier plus d'une
fois se repentit de ne pas lui avoir
parlé du secours qu'il avait obtenu. Le
seul moment qu'il redoutait arriva. Le
soleil était radieux, la foule immense,
et plus d'un regard curieux s'attacha
sur Frédéric. Lui seul de tous ses compagnons d'infortune inspirait de la pitié, il était celui de tous qui en méri-
tait le moins ; mais sa jeunesse, sa
belle figure produisaient une impression dont on ne pouvait se défendre.

Cette heure fut longue ; mais elle se
passa. Frédéric fut transféré à Bicêtre,
en attendant le départ de la chaîne.
Jamais encore il n'avait habité cette
maison de détention. Les coutumes y
sont à peu près les mêmes que dans
celles où il avait séjourné.

Malgré l'active surveillance dont les
prisonniers sont l'effet, et surtout

ceux qui ont une longue dette à payer, il arrive cependant assez fréquemment que plusieurs parviennent à se soustraire à la vigilance de leurs gardiens et à recouvrer une liberté qu'ils ont bientôt de nouveau compromise.

Frédéric, soutenu par Luillier, ne désespérait pas de pouvoir échapper à ses gardiens. D'abord, il chercha à gagner leur confiance, utilisa ses talens, et parvint en peu de temps à acquérir la réputation qui devait l'aider à les tromper.

Ce n'est pas chose facile que de s'échapper d'une maison telle que Bicêtre. Il fallait pour que le détenu y parvînt, tout le dévouement de Luillier, toute l'adresse et la persévérance de Frédéric.

Il savait par son ami tout ce qui concernait madame Valmincourt, car ce

dernier n'avait pas renoncé à ses projets. Frédéric qui les avait d'abord re-
jetés avait fini par ne les plus trouver
aussi condamnables, et enfin pensait
lui-même à les réaliser. Mais pour cela
il fallait avoir recouvré sa liberté, en-
gagée pour sept ans.

— Tu ne les feras pas, lui répétait
Luillier : je t'ai déjà fourni les outils :
trouve le moment propice, et tout ira
ensuite comme nous l'espérons.

Un accident fatal à plus d'un prisonnier vint aider celui auquel nous nous
intéressons à mettre à exécution ses
projets d'évasion.

Luillier avait adroitement remis à
son ami des limes, des crampons de
fer, et autres outils indispensables,
que ce dernier avait eu le bonheur de
soustraire aux recherches de ses gardiens.

Une nuit tous les habitans de la prison furent réveillés par des cris d'alarme. Le feu avait pris dans la partie des bâtimens occupée par les condamnés aux galères. Ces malheureux étaient menacés d'une mort certaine si on n'ouvrait pas leur prison. On prit toutes les précautions pour qu'aucun ne s'échappât ; mais dans le désordre et le tumulte que l'incendie occasionnait, plusieurs parvinrent, à la faveur de la nuit, à tromper la vigilance des soldats et des guichetiers. On était au milieu de l'hiver : la neige couvrait la terre, et une lune indiscrète répandait une clarté presque égale à celle du jour.

Rampant comme l'animal que la prudence a pris pour emblême, Frédéric se traîna jusqu'à un mur qui séparait la cour où se promenaient

les détenus d'avec le jardin du directeur. A l'aide des crampons que lui
avait fournis Luillier, il parvint à es-
calader la haute muraille. Il était au
faîte et allait passer de l'autre côté,
lorsqu'un factionnaire l'aperçut et
criant, qui vive? donna l'alarme : Frédéric s'élança de l'autre côté et se laissa
glisser dans le jardin : la sentinelle tira
sur lui et ne l'atteignit pas.

La chute du fuyard fut heureuse.
Une tonnelle qu'il défonça en amortit
la violence : il en fut quitte pour quelques égratignures et gagna vitement
le côté opposé. Au delà était la plaine,
il avait perdu un de ses crampons et
fut long-temps avant de pouvoir gravir
la muraille. Après les plus pénibles
efforts, il y parvint, et se trouva enfin
hors de l'enceinte de Bicêtre.

Oh ! quel soupir s'exhala de son sein!

avec quelle volupté il respirait l'air de la liberté : il joignit ses mains et remercia le ciel avec ferveur , comme si le ciel pouvait être pour quelque chose dans l'évasion d'un forçat; mais les hommes veulent absolument qu'il se mêle de toutes leurs affaires.

Il entendait de loin les cris des détenus et des soldats; il voyait les progrès de l'incendie ; il ne pouvait encore quitter ces lieux, il lui semblait qu'il jouissait mieux du bonheur d'être libre, contemplant ceux où une heure auparavant il était prisonnier ; mais la prudence lui commanda de s'éloigner, et il s'achemina vers Paris.

La nuit était avancée, il n'éprouva aucune difficulté à passer la barrière, et vers quatre heures du matin, il serra Luillier dans ses bras. Je ne sais trop lequel des deux était le plus

heureux, mais tout ce que je peux
affirmer, c'est que Luillier l'était beaucoup.

XIII.

Exil.

Adieu donc, mon pays, adieu.

ROMANCE.

— Eh! mon cher, tes scrupules
m'étonnent: en vérité, je ne te recon-
nais plus. Que diable veux-tu que nous
fassions à Paris? si tu te fais pincer, tu

paieras double peut-être; nous avons
notre belle, profitons-en, ou si tu ne
le fais pas pour toi, ne t'oppose pas à
ce que je tâte l'affaire.

— J'avoue ma faiblesse; mais te
l'avouerai-je, Luillier, je ne me sens
pas encore détaché de cette femme.

— Allons donc, tu me ferais rire si
j'en avais l'envie. Mais au fait, aime-la
tant que tu voudras, cela ne nous em-
pêche pas de la débarrasser de quelques
mille francs. Qu'est-ce que cela peut
lui faire? son milord est riche comme
un crésus. Allons, décide-toi, il faut
absolument qu'elle nous fasse un cadeau de noces.

— L'entreprise est périlleuse.

— En aucune façon; je connais les
êtres, rien ne sera plus facile ce jour
là que de s'introduire dans la maison:
tu me suivras, je réponds du reste. De

la présence d'esprit et nous chanterons victoire. Puis, munis des passeports que j'ai eu soin de me procurer, nous partons et nous allons un peu travailler à l'étranger. Il faut que tu sois fou pour ne pas t'accommoder d'un pareil projet.

— Allons, je me livre. J'en passerai par où tu voudras; tu as trop fait pour moi: je ne peux te rien refuser.

— A la bonne heure, ce sera une nouvelle obligation que tu m'auras.

Et le jour du mariage fut attendu par les deux chevaliers d'industrie, avec une impatience non moins vive que celle de lord Belmour. Il arriva, ce jour si ardemment désiré, et pour des causes si différentes.

Luillier et Frédéric attendirent un moment favorable, le trouvèrent et pénétrèrent dans l'hôtel. Luillier dirigeait les pas de son ami. Ils atteignirent la chambre à coucher que Frédéric ouvrit à l'aide d'un crochet. Le secrétaire fut enfoncé, et les billets de banque qu'il contenait changèrent de propriétaire. Comme ils allaient se retirer, un bruit de pas se fit entendre. Les deux malfaiteurs se crurent perdus et tirèrent les pistolets dont ils étaient armés, résolus de vendre chèrement leur liberté. On passa devant la chambre à coucher, mais on n'y entra pas. A leur marche légère, au frolement de leur robe, il était aisé de reconnaître deux femmes. Elles entrèrent dans une pièce attenante à celle où se trouvaient les deux amis; une cloison légère les en séparait, et on ne perdait pas un mot de ce qu'elles disaient.

—C'est la mariée, Frédéric : je l'ai entrevue : elle est chargée de brillans : un peu d'audace, et ils sont à nous.

— Luillier, retirons-nous pas de folie...

— Folie ! tu appelles cela de la folie, toi... eh bien ! va-t-en, et laisse-moi seul tenter l'aventure.

— Marche donc, et compte sur moi.

— Allons, du courage et l'écrin est à nous.

Ils quittent la chambre à coucher, et entrent subitement dans le boudoir. Nous savons ce qui s'y passa.

Ils sortirent de l'hôtel aussi facilement qu'ils y étaient entrés, mais plus riches d'une soixantaine de mille francs. Toutes leurs mesures étaient prises pour quitter Paris. Deux heures après, ils étaient à trois lieues de la capitale. Ils voyagèrent en poste jusqu'à Lyon, où ils ne s'arrêtèrent que

quelques jours. Frédéric ne put s'empêcher d'y donner un souvenir à
Adèle; ils avaient passé ensemble d'heureux jours dans cette ville. Il s'y trouva
mal à l'aise, en partit, et y laissa
Luillier, qui lui promit de le retrou-
ver à Rome où il voulait se rendre. Il
courait trop de risques à séjourner
en France, et puisqu'il était forcé de
quitter sa patrie, il voulait encore
revoir l'Italie, où ses affaires avaient
prospéré : mais là aussi Adèle l'avait
suivi, et sa mémoire trop fidèle lui
retraçait jusqu'à leurs entretiens. Frédéric, lui-même, ne concevait rien à
d'aussi importuns souvenirs. Son âme
était-elle donc susceptible d'être atteinte par le remords? il y avait dans
ce qu'il éprouvait quelque chose de
bien singulier ; à mesure que le souvenir d'Adèle lui devenait plus cher,

celui de Colette lui devenait plus
odieux.

L'une l'avait aimé pour lui, l'autre,
pour le plaisir qu'il lui avait procuré.

A Rome, Frédéric rencontra des
Français, proscrits comme lui: se trou-
vant en fonds , il ne voulut point
prendre part à leur aventureuse industrie ; on le taxa de fierté : de la
jalousie à la haine, il n'y a qu'un pas,
il fut bientôt franchi, et Frédéric fut
trouvé percé de coups à quelques pas
d'une maison de jeu où il avait passé
la nuit. On l'avait dépouillé de tout
ce qu'il avait sur lui ; mais il lui restait
encore une somme assez forte. Plusieurs
mois s'écoulèrent avant que ses bles-
sures fussent fermées. Aussitôt qu'il
eut recouvré assez de forces , il quitta
Rome et partit pour Naples. Là, il eut
moins à se plaindre de la fortune, et

il répara l'échec que les bandits romains avaient fait à ses fonds.

Mais une passion succède à une autre chez les hommes, celle du jeu s'empara de Frédéric. Tout joueur qui débute est chanceux : il semble que la perfide déesse veuille ainsi allécher ses victimes pour mieux les entraîner dans l'abîme. Frédéric doubla ses capitaux, et renonça pour quelque temps à sa coupable industrie. Il croyait, l'insensé, que cette veine heureuse se prolongerait ; bientôt il fut détrompé, et pour satisfaire son impérieuse passion, il n'eut plus cette prudence qui jusqu'alors l'avait garanti ; il fut suspecté, pris en flagrant délit, et ne dut son salut qu'à son adresse et à sa force.

Il ne pouvait plus rester à Naples ; il en partit et recueillit à peine de quoi passer la traversée jusqu'à Venise. Sa bonne fortune l'avait abandonné ; il échouait dans toutes ses entreprises, et s'il réussissait parfois, le jeu dévorait tout. Puis pour oublier ses remords, sa misère, il se plongeait dans l'ivresse, qui bientôt devint son état habituel.

Poursuivi à Venise comme à Naples et dégoûté de l'Italie, il s'associa à quelques misérables qui voulaient exploiter Londres. Frédéric pensait que peut-être il y retrouverait la comtesse, et il espérait encore se relever à ses dépens.

XIV.

Un Voyage.

VALÈRE.

J'ai donc enfin trouvé le cœur que je cherchais !

PASQUIN.

Vous constant en amour ! A d'autres, je vous prie.

L'INCONSTANT.

Un écrin plus riche que celui qui
lui avait été dérobé, fut donné par le
galant Belmour à sa charmante épouse,
qui paya du sourire le plus aimable la

délicate attention de milord. Cette faveur lui fit presque pardonner aux
bandits qui restèrent inconnus, grâce
à la discrétion de leurs victimes.

Cependant, la comtesse eut avec
Paul plusieurs entrevues. Toutes eu-
rent lieu chez madame Desparly. Il
avait tenu sa promesse. On ne pouvait
à cet égard lui adresser aucun reproche. L'évasion de Frédéric était un de
ces événemens qu'il est impossible de
prévoir; ses relations avec la police qui
avait été informée du vol, le mirent à
même d'apprendre à la comtesse qu'elle
n'avait plus rien à craindre de ses en-
nemis. Leurs traces avaient été suivies.
Luillier arrêté pour un nouveau délit,
avait été condamné et subissait sa
peine, et Frédéric réfugié à l'étranger
ne reviendrait probablement jamais en
France où sa liberté était menacée.

Quelques mois après, un des misérables qui avaient blessé Frédéric revint à Paris, se trouva avec Paul et se fit gloire de la vengeance que lui et ses pareils avaient tirée de leur ancien camarade. Il l'assurait qu'il était mort sous leurs coups. Paul se hâta de porter cette nouvelle à lady Belmour qui la paya généreusement.

De quel poids elle se sentit soulagée! Cet homme la gênait, troublait ses plaisirs; et ses rêves reproduisant souvent cette image, elle se réveillait au milieu des nuits poussant des cris d'effroi. Autrefois, il n'en était pas ainsi. Chaque nuit la ramenait dans les bras de son amant, et elle cherchait à prolonger cette douce illusion... Quel changement le temps amène dans nos goûts et dans nos affections!

L'hiver était passé, la belle saison

arrivait. Il en coûtait à la comtesse de quitter Paris, mais enfin elle avait promis à son mari de l'accompagner en Angleterre, et milord avait tant de complaisances qu'il fallait bien faire quelque chose pour lui. Elle lui avait demandé s'il trouverait bon que M. et madame Desparly fussent du voyage. Belmour n'ayant rien à refuser à son idole y avait consenti. On partit et on se rendit à petites journées à Calais. Là, Belmour trouva plusieurs Anglais de sa connaissance qui devaient comme lui passer le détroit. Il leur présenta sa jeune épouse et reçut leurs félicitations avec ce plaisir que l'on éprouve à entendre vanter ce qu'on aime.

Parmi les compatriotes de son époux, il en était un que madame la comtesse examina avec une attention qui aurait pu, s'il l'avait remarquée, exciter la crainte du comte; car lord Stanley avait vingt-cinq ans, et il était impossible de joindre à une plus jolie figure, une tournure plus élégante, des manières plus nobles et un esprit plus cultivé.

Stéphanie fit la même remarque, et dans le premier tête-à-tête que les deux amies se ménagèrent, l'entretien roula sur le bel insulaire.

On s'embarqua, le mal de mer tourmenta les deux Françaises; on fut obligé de les monter sur le pont, malgré une pluie battante; une tourmente assez forte s'éleva, le navire balotté par les vents et les vagues paraissait à chaque instant près de s'engloutir dans les abîmes de l'Océan. Belmour, quoique fort alarmé, rassurait sa femme de son mieux; mais avec quelle éloquence s'exprimait Stanley ! Plus d'une fois, il reçut dans ses bras la charmante com-

tesse à qui le roulis du navire faisait
perdre l'équilibre. Avec quelle recon-
naissance on le remerciait de ses soins!

La tempête se calma; mais il s'en
était élevé une dans le cœur de Colette, qui ne devait pas se calmer aussi
vite. On arriva à Douvres : ces dames
avaient besoin de repos; on les laissa
libres.

Malgré la fatigue qu'elle éprouvait,
lady Belmour ne put goûter aucun
repos. Elle croyait avoir reconnu
l'homme qu'elle était destinée à aimer
véritablement. Ce qu'elle éprouvait
pour Stanley ne ressemblait en rien à
ce que lui avait inspiré Frédéric : et
lorsqu'elle établissait une comparaison
entre ces deux personnages, il est facile de croire que tout l'avantage restait à l'Anglais.

On passa deux jours à Douvres, puis

on se disposa à partir pour le comté
de.... où étaient situés les principaux
domaines du comte : il ne devait se
rendre à Londres qu'à la fin de la
belle saison ; mais il engagea lord Stanley à lui sacrifier quelques journées ,
et ce dernier accepta avec empressement une invitation qu'il n'aurait osé
provoquer , mais qui comblait tous ses
désirs. La beauté de lady Belmour avait
fait sur lui une vive impression : il n'é-
tait pas présomptueux , et cependant ,
il avait cru remarquer que l'on était
assez bien disposé en sa faveur. Pour
prix de sa bonhomie , le jeune fashio-
nable pensait déjà à faire à son ami
l'insulte la plus grave que puisse recevoir un homme; mais l'adultère, qui
autrefois passait pour un crime , est à
peine aujourd'hui regardé comme une
peccadille. On enlève à son voisin l'af-

fection de sa femme, on lui donne à élever les fruits d'une liaison coupable; mais on n'en est pas moins pour cela son intime ami, on le dit du moins, et ce qu'il y a de plus singulier, c'est que ce n'est pas sans exemple. Les hommes sont vraiment inexplicables.

Stéphanie reçut une nouvelle confidence; mais les événemens passés l'avaient rendue prudente, et elle engagea Colette à faire le sacrifice de ce nouvel amour. Étonnée d'un tel langage, la comtesse n'insista pas; mais la jalousie s'empara d'elle. Madame Desparly, ne flattant plus ses passions, perdit sa confiance. Elle pensa que Stanley lui avait plu, et qu'elle ne cherchait à combattre la passion naissante qu'elle éprouvait pour lui que pour trouver plus de facilité à satisfaire celle qu'il lui avait inspirée.

Colette voulait des complaisans et des flatteurs ; mais des amis sincères, non. D'ailleurs, elle n'en était pas digne.

Desparly ne fut pas long-temps à s'apercevoir qu'il existait du refroidissement entre la comtesse et sa femme. Il en demanda la cause à cette dernière qui crut ne devoir rien cacher à son mari. C'en fut assez pour le décider à retourner en France. Il lui semblait qu'après tout ce qui s'était passé, madame Belmour aurait dû ne pas s'exposer à d'aussi tragiques événemens que ceux qui avaient déjà eu lieu. Ne voulant pas être de nouveau compromis dans quelqu'aventure du genre des précédentes, il prétexta une affaire imprévue et indispensable qui exigeait sa présence à Paris, et annonça son prochain départ à son hôtesse. Colette

n'essaya que faiblement à retenir son
amie, et la quitta sans regrets. Belmour crut tout ce qu'on voulut lui
dire.

XV.

La première année.

Quelle singulière probité que celle de ces
gens qui se feraient un scrupule de vous dérober un sou et vous enlèvent votre femme !

Lady Belmour éprouva un peu d'en-
nui après le départ de ses amis ; mais
bientôt de nombreuses visites survin-
rent, et un mois après le départ de
Desparly, Stanley arriva. Ce pauvre

Belmour lui sut un gré infini de son empressement. Il y allait de si bonne foi
qu'il fit rougir son épouse en disant au
joli garçon qu'elle avait souvent parlé
de lui.

On ne vit jamais jeune homme plus
complaisant pour un vieillard que l'é-
tait Stanley pour lord Belmour. Il l'ac-
compagnait partout, faisait sa partie
de billard ou d'échecs, et lui tenait
tête à boire du punch. Parlait-on
sciences ou politique, l'avis de milord
était le sien. On eût dit vraiment que
c'était chez lui un parti pris de n'en
avoir jamais d'autre. Madame, au contraire, ne paraissait pas aussi favora-
blement disposée en faveur de l'Anglais, et il arriva souvent à Belmour
de prier sa femme de traiter avec
moins de rigueur *ce pauvre Stanley*,
comme il l'appelait.

Tout cela n'était qu'un raffinement d'hypocrisie et un moyen assez ingénieux, au reste, de dérober la vérité à celui qui ne devait pas la connaître.

Plus d'un domestique du château savait déjà que, si madame la comtesse se montrait froide et réservée avec M. Stanley devant son mari et ses amis qui venaient le visiter, elle dédommageait sans doute le jeune lord dans les longs tête-à-tête qu'ils avaient ensemble. Mais ils étaient payés généreusement par les deux coupables, et Belmour, ne se doutant pas que sa femme en agissait avec son second mari comme avec le premier, ne songeait pas à la surveiller.

La belle saison se passa à visiter les nombreux châteaux et les vastes domaines de l'opulent Belmour. Partant, de nouvelles fêtes, partant, de nou-

veaux complimens : c'était vraiment
pour Colette une marche triomphale,
et milord pouvait exprimer toute sa
joie. Stanley suivait pourtant les deux
époux. S'il eût parlé de s'absenter, le
front du comte se serait rembruni et
peut-être eût-il reproché à sa femme
de le priver de son favori. C'est quelque chose d'assez précieux aussi qu'u-
ne femme qui vous flatte sans cesse,
n'a pas d'autre opinion que la vôtre et
s'attache à prévenir tous vos désirs.

L'hiver rappela tous les riches Anglais dans leur immense capitale :
Stanley fut forcé de quitter ses amis
pour rentrer dans sa famille; mais il
venait chaque jour chez le comte, et
souvent y prolongeait bien plus long-
temps son séjour que ne le pensait ce
dernier. D'abord il avait été décidé que
l'on retournerait à Paris vers la fin de

l'hiver; il n'en fut plus question. Stanley ne pouvait quitter Londres, et comment s'en éloigner sans lui? La comtesse fit si bien que son mari crut qu'en restant en Angleterre elle lui faisait un sacrifice. La tendresse du lord s'en augmenta.

Un jour que Colette visitait l'abbaye de Westminster, ses yeux se portèrent sur un étranger enveloppé dans son manteau, et qui paraissait la regarder fort attentivement. Elle était seule avec Stanley occupé à déchiffrer les caractères gothiques d'une vieille épitaphe.

Colette, voyant que les regards de cet homme étaient également fixés sur elle, détourna les siens; mais une idée subite, qui lui vint, lui fit de nouveau retourner la tête. L'étranger la regarda fièrement... elle poussa un cri, et, si son amant ne l'eût soutenue, elle fût tombée sur le marbre.

La comtesse se remit promptement. Ce fut à une douleur subite qu'elle imputa son trouble. Elle demanda à retourner à l'hôtel... Stanley la reconduisit. Elle se renferma dans son appartement et ne voulut recevoir personne de tout le jour.

Elle avait revu Frédéric... c'était bien lui!

Le lendemain, elle était plus calme... Elle avait eu avec Stanley un long entretien... Frédéric en avait été le sujet. Stanley avait promis à sa belle maîtresse de la soustraire aux persécutions de ce misérable. Il le pouvait, car sans doute l'ancien amant de Colette exerçait à Londres le même métier qu'à Paris, et la corde fait justice de ses pareils en Angleterre.

Quelques jours après, Stanley annonça à lady Belmour qu'il était parvenu à découvrir la demeure de son ennemi; que son signalement était donné aux constables, et que sans doute au moment où il lui parlait, il n'était plus à craindre pour elle : c'était trop tôt chanter victoire. Frédéric et ses collègues, ou plutôt ses complices, avaient été prévenus à temps, et, pour cette fois encore, avaient échappé au sort qui les attendait tôt ou tard.

XVI.

L'Anniversaire.

Finis coronat opus.

(La fin couronne l'œuvre.)

Il y avait bientôt un an que lord Belmour était l'heureux époux de Co-lette. Aucun nuage n'était encore venu troubler une si douce union. Elle trompait son mari; mais elle le trompait avec tant de ménagement qu'il y aurait eu de la cruauté à lui ouvrir les yeux: aussi personne n'y pensait.

Lord Belmour voulut célébrer avec éclat l'anniversaire de son bonheur. Il confia ce projet à Stanley, et fit préparer à l'insu de sa femme une fête magnifique dans un de ses châteaux assez rapproché de Londres que l'on n'avait pas encore quitté. L'indiscret confident ne manqua pas d'informer sa maîtresse de la fantaisie de son époux. Elle la lui passa. Une société aussi nombreuse que choisie avait été invitée. La comtesse joua la surprise en comédienne consommée, et se montrant sensible à tant de galanterie combla de caresses son crédule mari.

Le temps passe vite au milieu des plaisirs ! le soir arriva et la danse succéda au banquet. Les jardins étaient illuminés ; et plus d'un couple amoureux venait y respirer la fraîcheur du soir.

Vers minuit, au moment où le bal était le plus animé, deux personnes descendent dans le jardin ; ils fuyent les allées les plus fréquentées et se dirigent vers un petit chalet suisse, dont la porte s'ouvre et se referme sur eux.

A peine s'y sont-ils introduits qu'un homme caché dans l'ombre et qui sans doute épiait leurs pas, y pénètre après eux :

Colette ! s'écrie-t-il, l'heure de la vengeance est arrivée !

Il sort et jette au loin la clé dont il s'est emparé ; puis il s'enfuit après avoir lancé sur le toit en chaume du chalet, des matières combustibles qui l'embrasent à l'instant.

Le cri « au feu » se répète de toutes parts...., on vient, on enfonce la porte, et Belmour, un des premiers, aperçoit Stanley et sa femme !!!....

Le jeune lord s'élance et disparaît.

La comtesse est tombée sans mouvement.

Chacun s'éloigne discrètement, car on sent que dans une circonstance pareille, on se passe volontiers de témoins.

Belmour montra une présence d'esprit et un sang-froid, dont on ne l'aurait pas cru capable. Il ordonna à ses gens de relever sa femme et de la transporter dans son appartement. Mais le premier qui voulut exécuter cet ordre, poussa un cri d'effroi, en s'apercevant que la comtesse qu'il ne croyait qu'évanouie, était morte...

A six mois de là, le vieux lord était

à Paris en loge grillée avec une dan-
seuse de l'Opéra qui le cajolait et l'assurait d'une fidélité à toute épreuve.
Faut-il s'en étonner? Ce jour même, il
lui avait donné ce riche écrin qu'il
avait autrefois offert à sa femme, en
remplacement de celui que Frédéric
lui avait dérobé. Il s'était promptement consolé de la perte d'une ingrate
qui n'avait jamais fait que le malheur
de tous ceux qui l'avaient aimée.

Belmour renoua avec Desparly et sa
femme, dont il n'avait d'ailleurs aucun
sujet de se plaindre. Stéphanie, corri-
gée par l'expérience, s'efforça de mériter l'oubli de sa conduite passée en rem-
plissant, avec la plus scrupuleuse exac-
titude, tous les devoirs d'épouse et de
mère.

Le petit Colin de madame Saint-
Elme mourut, à la Nouvelle-Orléans,

de la fièvre jaune. L'actrice revint en France, et M. Firmin, las de la vie de garçon, fit sanctionner par les lois leurs anciennes amours.

Quelle sera la fin de Frédéric? sans doute celle qui termine l'existence de tous ses pareils. Luillier expie sa faute au bagne, et n'en sortira sans doute que pour en commettre de nouvelles: l'exemple de leurs amis n'a corrigé ni Charles ni Élisa. Comme eux, ils sont destinés à peupler un jour les prisons. Ils le savent, ils s'y attendent, et ce terrible avenir ne les effraie nullement.

La mort avait surpris Colette à l'improviste. Elle n'avait fait aucune disposition testamentaire. Ce n'est point à vingt ans qu'on songe à quitter la vie. Dans la vieillesse même, on éloigne encore ce terme fatal.

Hilaire se trouva donc l'héritier de

sa fille. Belmour avait des droits à une
partie des biens de sa femme; mais
riche comme il l'était, il en fit la ces-
sion à son beau-père qu'il ne connaissait cependant pas. Forcé une seconde
fois de quitter sa paisible retraite, Hilaire vint à Paris. Il vendit l'hôtel Valmincourt, et la somme qu'il en retira,
jointe aux revenus du domaine qu'a-
vait possédé son ancien ami, le rendit
possesseur de soixante mille livres de
rente.

Il a conservé pour lui et sa femme
ce qu'ils tenaient des libéralités de leur
bienfaiteur.

La chapelle de Sainte-Nicole a été
agrandie, embellie. Plusieurs établis-
semens de bienfaisance ont été fondés,
et une fois enfin la fortune a récom-
pensé la vertu.

TABLE

DU QUATRIÈME VOLUME.

—

SOUS PRESSE, DU MÊME AUTEUR :

UNE PREMIÈRE CAUSE,

ou

LE PRISONNIER POUR DETTES.

—

LE RECÉLEUR.

—

L'AGENT DE CHANGE.

—

www.ingramcontent.com/pod-product-compliance
Lightning Source LLC
Chambersburg PA
CBHW061505030726
47503CB00005B/1813